一齊遊．韓語

出發 新訂版

慳姑ViVi　著

目錄

第 1 課
出發旅遊前須知

第 2 課
韓文簡介

第 3 課
基本用語

第 4 課
機場

第 5 課
交通

附錄
隨書附送首爾、釜山、大邱、光州及大田地鐵路線圖

推薦序——最佳模範

　　近年熱愛韓國流行文化的朋友愈來愈多，學習韓語的朋友亦與日俱增，但像ViVi般以韓語作為自己的事業，可說是少之有少！

　　第一次接觸ViVi是於韓國觀光公社的活動，她是我們聘請的兼職韓語及廣東話翻譯；之後數次活動，當我們需要翻譯員時也會找她。我們都十分滿意她的表現及專業知識，好幾次欲邀請她成為正式職員，卻都遭她「拒絕」——原因是她有自己的理想，要成為韓語老師。

　　ViVi朝着自己的理想不斷努力，是年青朋友的模範。除了韓語，她亦落力推廣韓國文化及旅遊，期待於《一齊「遊‧韓」語出發》中，ViVi以活潑的手法帶給大家學習韓語的樂趣！

Tracy Cheng
市場推廣總監
韓國觀光公社（香港支社）

推薦序──真·韓文老師的好好玩會話課

慳姑從沒有和我一起遊韓，卻又感覺陪我經歷了很多次韓國一樣。

從第一次我邀請她成為我的講座嘉賓，在我分享韓國遊歷的同時，我請慳姑也「露兩手」，教我的讀者朋友講幾句旅行會話。不像傳統古板的老師，慳姑在那一次的「小教室」裏，以實用的場景加上廣東話諧音，輕鬆地讓大家學上幾句韓語！所以當她向我説，她會推出韓語教學書時，我還是滿心期待的！因為我知道，她的書絕對能夠「正統與易學」兼備。

書裏有很多旅行場景對話，以香港人最容易掌握的發音標註，同時句子精簡，就算像我這樣「零韓文」的人來説，依然能夠輕輕鬆鬆「袋定幾句」出發。每章都有一個QR Code，由慳姑的真·韓國人朋友真人發聲錄音，只要掃一掃二維碼就可以立即聽到韓國人的標準發音！不用擔心自己讀錯了都懵然不知。最正的是，慳姑還介紹了許多明星經營的咖啡店和人氣地道韓國小吃，我相信追星族和為食鬼都可以一邊玩一邊學好韓語了。

別停在這裏啦！快點跳進慳姑的韓文世界啦！

「晏.(knee-yawn).嘻.卡.些.唷」！

Rebec Hohoho
《好好好女遊》系列旅遊圖書作者

　　各位讀者大家好，我是慳姑ViVi。很多人聽到我的名字後都會有一個疑問，「慳姑係咪好慳㗎？」很難聯想到慳姑原來是一位熱愛韓文、熱愛韓國的人。讓我來解答這個疑團──其實慳姑這個筆名是來自「韓國語」一詞，「韓國語」的韓文為「한국어」，羅馬拼音為「han.gu.geo」，發音和「慳.姑.哥」很相似，由於慳姑是一名女子，因此自稱為「慳姑」，而Vivi則是本名。這個筆名是從2013年底起用，慳姑剛從韓國回港時，為了讓自己能夠繼續接觸韓文和緊貼韓國資訊，開了一個Facebook粉絲專頁（慳姑哥「韓」語Fun Fun Fun），教一些簡單又常用的韓語短句，也會分享關於韓國的點點滴滴及旅遊資訊等。也就這樣開始接觸韓文教學以及有關韓國旅遊的工作，也因此造就了這本書的出版。

　　受到「韓流襲港」的影響，韓國的旅遊業發展迅速，愈來愈多香港人喜歡到韓國旅遊，有的因為韓劇或韓國綜藝節目而想親身看看拍攝場地，有的為了購買韓國化妝品、護膚品及時裝等，有的因為韓流而喜歡上韓國，想了解更多韓國這個地方，因此對韓文有興趣的人也愈來愈多，也讓慳姑多了一個「韓語導師」的身分。對於想深入學習韓文的人來說，報名學韓文就可以，但對於只想去旅遊時能用上幾句的人來說，就未必找到一個旅遊韓語的課程，因此慳姑決定寫一本適合香港人閱讀的旅遊韓語書。

　　曾經在韓國觀光公社工作過一段日子，很多人都會擔心語言不通這個問題，擔心去到韓國不懂得問路，不懂得點菜，有很多人因此而卻步，不敢踏足這個地方，那就十分可惜。慳姑就藉此機會寫了這本書，以香港人的角度，帶大家「遊·韓」語出發，教大家從起飛前到回港有可能會說到的韓語。本書會先以對話情境形式，再從對話中抽出常用的句子，

並以替換句形式表示，讓您可以替換所需的詞語，對話都以香港人最為容易發音為本，全書均設有廣東話及英文作為諧音拼音，務求令不懂韓文的讀者也能夠活用本書，到韓國旅遊時能操幾句韓文，與當地人多一點交流。對於正在學習韓文的讀者，這本書也是詞彙工具書，可透過本書學習更多有關旅遊各方面的詞彙啊！

本書能夠順利出版，除了多謝出版社的全力協助，也要多謝慳姑的韓國朋友鄭載學（정재학）先生和李海媛（이해원）小姐無條件為本書錄音，全書的韓文部分皆由韓國人真人發聲，只要用智能電話掃描一下二維碼就可以收聽書內的正確發音（諧音不是完全正音，只作參考和短暫用途）。另外，也要特別鳴謝於寫作期間不厭其煩幫助慳姑的韓國朋友李奎植（이규식）先生和陳漢圭（진한규）先生，提供很多有用的意見。

雖然現時關於韓國旅遊的資訊很多，要用到韓文的機會可能不多，但慳姑認為去旅遊除了觀光及吃喝玩樂外，認識當地文化也是必須的。而跟當地人對話就是最好的方法，韓國人一般聽到你説韓文的話，都會感到格外親切，去旅遊前「袋定」幾句韓文，也許會有與別不同的驚喜收穫啊！希望本書能夠幫助讀者遊韓遊得更盡興，更地道！

2016年1月

本書使用指南

　　課文章節會由場景對話開始，以一問一答的方式，讓讀者可以有一個大概的畫面，對話都是常聽説的，而且以香港人最為容易發音、最短、最易記及最不涉及複雜文法的説法，因此有可能有些説法並不是韓國當地人常用的説法，但都是標準語啊！

課文章節　　　　　　　QR Code　　　　　　　場景實行地點

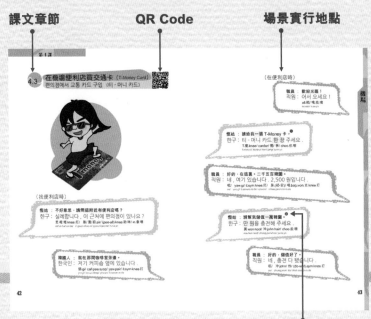

中文解釋

韓文說法

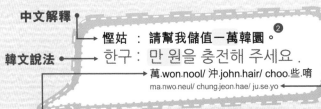

替換句提示
可根據紅點內的數字在同章節後面內容找到替換句的用法，以顏色標示的字詞為可替換的詞彙。

韓文羅馬拼音
本書採用羅馬拼音作為拼音方式，並已作連音及變音方式表示。讓學韓文的讀者也能對發音有進一步的了解。

諧音
由於粵語（廣東話）不能完全作為韓文發音的諧音，因此加了英文作為輔助，諧音只供短暫參考，不完全正確，讓完全不認識韓文的讀者能在緊急情況下道出幾句，標準發音以韓國人真人發聲版本為準。

場景對話之後接着的就是替換句及替換詞彙部分。

替換句
黃色部分可替換其他詞彙。替換詞彙
可於同章節內找到，即時應用。

替換詞彙
代入替換句的黃色
（或其他顏色）部分。

1 張 | 한 장
慳.爭
han.jang

括號內的字是指兩個字
快讀成一個音，這裏的
(who-哇) 快讀就是普通話
「花(hua)」的音。每個
字與字之間發音會以「.」
分隔，空隔則用「/」表示。

替換句
②

請給我儲值一萬韓圜。
만 원〈을/를〉* 충전해 주세요.
【萬.won.<ul/rule>*/ 沖.john.hair/ choo 些.喵】
ma.nwon.<eul/reul>*/ chung.jeon.hae/ ju.se.yo

替換：只要把黃色部分代入您想要儲值的金額【數字 1】就可以了！
*<을/를>是助詞，於口語中可以省略，發音較困難的話可以不用説。

綠色部分為韓文的助詞，口語中都可省
略不説，不懂韓文文法的讀者可以不用
理會，也可避免發音的問題。

文法解釋：
<을/를>的「을」是接着有終聲的字；「를」是接着沒有終聲的字後面。
<이/가>的「이」是接着有終聲的字；「가」是接着沒有終聲的字後面。
<은/는>的「은」是接着有終聲的字；「는」是接着沒有終聲的字後面。

9

出發旅遊前須知

第 1 課

1.1 韓國的氣候
한국의 기후

韓國位於溫帶氣候區，四季分明，因此風景也大有不同。春天氣候溫和；夏天十分炎熱；秋天清爽；冬天乾燥寒冷。

春天 （3 - 5 月）	夏天 （6 - 8 月）	秋天 （9 - 11 月）	冬天 （12 - 2 月）
氣溫和暖，平均溫度約攝氏 10 至 14 度，3 至 4 月為觀賞櫻花的日子。	十分炎熱，與香港相約，平均溫度約攝氏 26 至 30 度。	天氣轉涼，平均溫度約攝氏 12 至 16 度，到處可看見紅葉，非常適合去旅遊。	極為寒冷，平均溫度約攝氏零下 3 度左右，室內大多數有暖氣。落雪日子會較為寒冷，地面濕滑，容易跌倒，建議穿防滑鞋或雪靴。韓國有很多滑雪場連度假村，冬天可一家大小去滑雪。

1.2 韓國的國定假期
한국의 법정 공휴일

- 1 月 1 日
元旦

- 農曆 12 月 31 日 - 1 月 2 日
春節

- 3 月 1 日
三一節

- 6 月 6 日
顯忠日

- 農曆 4 月 8 日
釋迦誕辰

- 5 月 5 日
兒童節

- 8 月 15 日
光復節

- 農曆 8 月 14 日 - 8 月 16 日
中秋節（秋夕）

- 10 月 3 日
開天節

- 12 月 25 日
聖誕節

- 10 月 9 日
韓文日

1.3 韓國的電壓
한국의 전압

韓國電壓為 220V，頻率為 50Hz，兩個圓形的插座孔，記得預先在香港買一個轉換插頭。

1.4 主要機構辦公時間
주요 기관의 영업시간

銀行	平日 09:00 - 16:00
政府機構	平日 09:00 - 18:00
郵局	平日 09:00 - 18:00
百貨公司	10:30 - 20:00（每月休息一天）

1.5 簽證
비자

持香港特區護照或英國國民（海外）護照可免簽證停留 90 日。

1.6 韓國旅遊諮詢中心（香港支社）
한국관광공사（홍콩지사）

出發前，不能不到香港的 Korea Plaza 韓國旅遊諮詢中心及展覽廳一趟，這裏除了可以即時索取韓國旅遊指南、地圖和單張等資訊外，還可以即時向職員查詢各樣旅遊問題（如交通方法等）。每月也會定期舉辦旅遊講座，費用全免，更不定舉辦韓國料理體驗、韓服體驗等活動，成為韓友營會員更可下載各種優惠券呢！

Korea Plaza 韓國旅遊諮詢中心及展覽廳
地址： 香港銅鑼灣告士打道 280 號世界貿易中心 22 樓 2202 - 2203 室
電話： （852）2523 8065
辦公時間： 星期一至五 09:00 - 12:00 及 13:00 - 18:00
網址： www.visitkorea.or.kr
www.koreaplaza.hk

韓文簡介

第 2 課

2.1 韓文 40 音
한글 40 자모음

　　韓國自古以漢字為文，但懂漢字的人卻不多，都是一些有能力學習的知識分子或者貴族。直到 1443 年，世宗大王召集了一群學者，創造了韓國自己的一套書寫文字。韓文總共有 40 個字母，其中 21 個是母音，19 個是子音，是一個具有系統性的表音文字。讓我們來看看韓文 40 音吧！

基本母音（10 個）

字母	ㅏ	ㅓ	ㅗ	ㅜ	ㅡ	ㅣ	ㅑ	ㅕ	ㅛ	ㅠ
音標	아	어	오	우	으	이	야	여	요	유
羅馬拼音	a	eo	o	u	eu	i	ya	yeo	yo	yu
英文相似音	c**a**r	c**a**ll	b**o**ne	p**u**ll	tak**e**n	b**ee**	**ya**rd	**yaw**n	**yo**ur	**you**
諧音	亞	餓	哦	嗚	er	易	也	yaw	唷	you

複合母音（11 個）

字母	ㅐ	ㅒ	ㅔ	ㅖ	ㅙ	ㅞ	ㅚ	ㅘ	ㅝ	ㅟ	ㅢ
音標	애	얘	에	예	왜	웨	외	와	워	위	의
羅馬拼音	ae	yae	e	ye	wae	we	oe	wa	wo	wi	ui
英文相似音	p**a**n	**ye**ah	p**e**n	**ye**t	**wa**g	**we**b	**we**ight	**wi**ne	**wa**ll	**wi**n	g**ooey**
諧音	誒	夜	誒	夜	where	where	where	話	喔	we	（er-姨）

基本子音（14 個）

Initial Consonant
初聲

기역

Final Consonant
終聲
(收音)

gi-yeok

字母：ㄱ

音標：기역 [gi-yeok]

羅馬拼音：g/k

字母	ㄱ	ㄴ	ㄷ	ㄹ	ㅁ	ㅂ	ㅅ
音標	기역 [gi.yeok]	니은 [ni.eun]	디귿 [di.geut]	리을 [ri.eul]	미음 [mi.eum]	비읍 [bi.eup]	시옷 [si.ot]
羅馬拼音	g/k	n/n	d/t	r/l	m/m	b/p	s/t
英文相似音	**g**immick **k**ick	**n**oo**n**	**d**o**t** **t**oas**t**	**r**oll	**m**um	**b**ee**p** **p**o**p**	**s**ea**t** **sh**ee**t**

字母	ㅇ	ㅈ	ㅎ	ㅋ	ㅌ	ㅍ	ㅊ
音標	이응 [i.eung]	지읒 [ji.eut]	히읗 [hi.eut]	키읔 [ki.euk]	티읕 [ti.eut]	피읖 [pi.eup]	치읓 [chi.eut]
羅馬拼音	無聲/ng	j/t	h/t	k/k	t/t	p/p	ch/t
英文相似音	si**ng**	**j**et **ch**at	**h**at	**k**ick	**t**int	**p**op	**ch**eat

複合子音（5 個）

字母	ㄲ	ㄸ	ㅃ	ㅆ	ㅉ
音標	쌍기역 [ssang.gi.yeok]	쌍디귿 [ssang.di.geut]	쌍비읍 [ssang.bi.eup]	쌍사옷 [ssang.si.ot]	쌍지읒 [ssang.ji.eut]
羅馬拼音	kk	tt	pp	ss	jj
英文相似音	**g**immick	**d**arling	**b**aby	**s**orry	**j**ust

收尾音（27 個：7 種）

雖然收尾音有 27 個之多，但只有 7 種代表音。

收尾音字型	ㄱ ㅋ ㄲ ㄺ ㄳ	ㄴ ㄵ ㄶ	ㄷ ㅌ ㅅ ㅆ ㅈ ㅊ ㅎ	ㄹ ㄼ ㄽ ㅌ ㅀ	ㅁ ㄻ	ㅂ ㅍ ㅄ ㄿ	ㅇ
羅馬拼音	k	n	t	l	m	p	ng
英文相似音	ba**g**	noo**n**	po**d**	rol**l**	mu**m**	pu**b**	si**ng**

2.2 韓文結構
한글의 구조

한 국　안 녕 하 세 요

C	V		C			V		C	V			C	V	C	V	V
	C		V						C	C						
			C													

★ ▨ = 받침 [bat-chim]（終聲），V＝母聲（Vowel），C＝子音（Consonant）

4 種結構

1.	母音	例：아　[a]	요 [yo]
2.	母音＋子音	例：안　[an]	옷 [ot]
3.	子音＋母音	例：하　[ha]	수 [su]
4.	子音＋母音＋子音	例：한　[han]	국 [guk]

拼音方法

안	=	ㅇ + ㅏ + ㄴ	=	無聲 + a + n	→	[an]
녕	=	ㄴ + ㅕ + ㅇ	=	n + yeo + ng	→	[nyeong]
하	=	ㅎ + ㅏ	=	h + a	→	[ha]
세	=	ㅅ + ㅔ	=	s + e	→	[se]
요	=	ㅇ + ㅛ	=	無聲 + yo	→	[yo]

　　韓文的結構很簡單，就是由母音和子母組合而成，可以左右排列，上下排列，上中下排列，左右上下排列。組合出來的字稱為音節，而各個單詞都是由音節組成。

　　如上圖，「한」這個音節是由「ㅎ + ㅏ + ㄴ」3 個字母左右下組成，形成「han」音；「국」這個音節是由「ㄱ + ㅜ + ㄱ」3 個字母上中下排列組成，形成「guk」音；兩字合併為一個詞語「한국 [han.guk]」，「韓國」的意思。

基本用語

안녕하세요

第3課

3.1 常用句
자주 쓰는 말

中文	韓文	羅馬拼音	諧音（粵語、英語）
您好嗎？	안녕하세요	an.nyeong.ha.se.yo	晏.(knee-yawn).哈.些.唷
（對離開的人説） 再見	안녕히 가세요	an.nyeong.hi/ ga.se.yo	晏.(knee-yawn).嘻/ car.些.唷
（對留下的人説） 再見	안녕히 계세요	an.nyeong.hi/ gye.se.yo	晏.(knee-yawn).嘻/ 騎.些.唷
初次見面	처음 뵙겠습니다	cheo.eum/ boep.kket.sseum.ni.da	初.em/ (poor-web).get.sym.knee.打
很高興認識您	만나서 반갑습니다	man.na.seo/ ban.gap.sseum.ni.da	慢.那.梳/ 盼.甲.sym.knee.打
多謝	감사합니다	gam.sa.ham.ni.da	琴.沙.堪.knee.打
對不起	죄송합니다	joe.song.ham.ni.da	斜.鬆.堪.knee.打
對不起	미안합니다	mi.an.ham.ni.da	咪.晏.堪.knee.打
不好意思 / 打擾了	실례합니다	sil.lye.ham.ni.da	思.哩.堪.knee.打
不要緊	괜찮아요	gwaen.cha.na.yo	(cool-when).差.拿.唷
不用客氣	천만에요	cheon.ma.ne.yo	(初-安).媽.呢.唷
是	네	ne	呢
不是	아니요	a.ni.yo	亞.knee.唷
有	있어요	i.sseo.yo	it.梳.唷
沒有	없어요	eop.sseo.yo	op.梳.唷

中文	韓文	羅馬拼音	諧音（粵語、英語）
好 / 喜歡	좋아요	jo.a.yo	曹.亞.唷
不要 / 不好 / 不喜歡	싫어요	si.reo.yo	思.raw.唷
我知道了 / 我明白了	알겠어요	al.ge.sseo.yo	嗌.嘅.梳.唷
不知道	모르겠어요	mo.reu.ge.sseo.yo	無.ru.嘅.梳.唷
請等一下（較短時間）	잠깐만요	jam.kkan.man.yo	沉.間.慢.唷
請等一下	잠시만요	jam.si.man.yo	沉.思.慢.唷
吃飯（開動了！）	잘 먹겠습니다	jal/ meok.kket.sseum.ni.da	齊/ 莫.get.sym.knee.打
我吃飽了，謝謝！	잘 먹었습니다	jal/ meo.geot.sseum.ni.da	齊/ 磨.got.sym.knee.打
請幫助我	도와주세요	do.wa.ju.se.yo	圖.哇.choo.些.唷
辛苦您了	수고하셨습니다	su.go.ha.syeot.sseum.ni.da	sue.哥.哈.shot.sym.knee.打
我不會説韓語	한국어 못해요	han.gu.geo/ mo.tae.yo	慳.姑.個/ 磨.tare.唷
您會説英文嗎？	영어 할 줄 아세요？	yeong.eo/ hal/ jjul/ a.se.yo	yawn.all/ hi/ jool/ 亞.些.唷
您會説中文嗎？	중국어 할 줄 아세요？	jung.gu.geo/ hal/ jjul/ a.se.yo	從.姑.個/ hi/ jool/ 亞.些.唷

3.2 自我介紹
자기소개

Toby ： 您好！我是 Toby。❶
토비： 안녕하세요？저는 토비입니다.
晏.(knee-yawn).哈.些.唷/　錯.noon/ 拖.be.炎.knee.打
an.nyeong.ha.se.yo/　jeo.neun/ to.bi.im.ni.da

美娜 ： 您好！我是美娜。
미나： 안녕하세요？저는 미나입니다.
晏.(knee-yawn).哈.些.唷/
錯.noon/ 咪.娜.炎.knee.打
an.nyeong.ha.se.yo/　jeo.neun/ mi.na.im.ni.da

Toby ： 美娜，您是韓國人嗎？
토비： 미나 씨는 한국 사람입니까？
咪.娜.思.noon/ 慳.谷/ 沙.冧.炎.knee.家
mi.na/ ssi.neun/ han.guk/ ssa.ram.im.ni.kka

24

美娜 ： 是的，我是韓國人。②
미나： 네 , 한국 사람입니다 .
呢/ 慳.谷/ 沙.冧.炎.knee.打
ne/ han.guk/ ssa.ram.im.ni.da

Toby，您是哪個國家的人？
토비 씨는 어느 나라 사람입니까 ?
拖.be/ 思.noon/ honor/ 拿.啦/ 沙.冧.炎.knee.家
to.bi/ ssi.neun/ eo.neu/ na.ra/ sa.ram.im.ni.kka

Toby ： 我是香港人。
토비 ： 저는 홍콩 사람입니다 .
錯.noon/ 空.cone/ 沙.冧.炎.knee.打
jeo.neun/ hong.kong/ sa.ram.im.ni.da

美娜，您是學生嗎？
미나 씨는 학생입니까 ?
咪.娜/ 思.noon/ 黑.腥.炎.knee.家
mi.na/ ssi.neun/ hak.ssaeng.im.ni.kka

美娜 ： 不是，我是公司職員。③
미나： 아니요 , 저는 회사원입니다 .
呀.knee.唷/
錯.noon/ (who-where).沙.won.炎.knee.打
a.ni.yo/ jeo.neun/ hoe.sa.won.im.ni.da

Toby，您的職業是什麼？
토비 씨 직업은 무엇입니까 ?
拖.be/ 思/ 似.哥.搬/ moo.哦.贍.knee.家
to.bi/ ssi/ ji.geo.beun/ mu.eo.sim.ni.kka

Toby ： 我是學生。很高興認識您。
토비 ： 저는 학생입니다 . 반갑습니다 .
錯.noon/ 黑.腥.炎.knee.打/ 盼.甲.sym.knee.打
jeo.neun/ hak.ssaeng/im/ni/da/ ban.gap.sseum.ni.da

25

美娜 ： 很高興認識您。您是來旅遊的嗎？
미나 : 만나서 반갑습니다 . 여행하러 오신거예요 ?
慢.那.梳/ 盼.甲.sym.knee.打/ yaw.輕.哈.囉/ 哦.先.個.耶.唷
man.na.seo/ ban.gap.sseum.ni.da/ yeo.haeng.ha.reo/ o.sin.geo.ye.yo

Toby ： 是的，我第一次到訪韓國。
토비 : 네 , 한국에는 처음 방문합니다 .
呢/ 慳.姑.嘅.noon/ 初.erm/ 朋.moon.堪.knee.打
ne/ han.gu.ge.neun/ cheo.eum/ bang.mun.ham.ni.da

美娜 ： 呀，是嗎？祝您旅途愉快！
미나 : 아 , 그러세요 ? 좋은 여행 되세요 !
呀/ craw.射.唷/ 曹.嗯/ yaw.輕/ (to-where).些.唷
a/ geu.reo.se.yo/ jo.eun/ yeo.haeng/ doe.se.yo

Toby ： 謝謝！再見！（對留步的人説）
토비 : 감사합니다 ! 안녕히 계세요 !
琴.沙.堪.knee.打/ 晏.(knee-yawn).嘻.騎.些.唷
kam.sa.ham.ni.da/ an.nyeong.hi/ gye.se.yo

美娜 ： 再見！（對離開的人説）
미나 : 안녕히 가세요 !
晏.(knee-yawn).嘻/ 卡.些.唷
an.nyeong.hi/ ga.se.yo

打招呼說話 인사말

您好嗎？

안녕하세요？

【晏.(knee-yawn).哈.些.唷】

an.nyeong.ha.se.yo

知多點

在韓國，無論上午、下午還是晚上，見面打招呼都可以説「안녕하세요」，説的同時要配合輕微點頭鞠躬的動作，以表禮貌。

（對離開的人說）再見！

안녕히 가세요！

【晏.(knee-yawn).嘻 / 卡.些.唷】

an.nyeong.hi/ ga.se.yo

（對留下的人說）再見！

안녕히 계세요！

【晏.(knee-yawn).嘻 / 騎.些.唷】

an.nyeong.hi/ gye.se.yo

知多點

説「再見」的時候，會因應雙方的去留而有不同的説法，例如離開朋友的家時，您要對朋友説「안녕히 계세요」，朋友則要對您説「안녕히 가세요」。如果雙方都是各自離開，雙方都説「안녕히 가세요」表示「再見」。

替換句

1

我是 Toby。

저는 토비입니다.

【錯.noon/ 拖.be.炎.knee.打】

jeo.neun/ to.bi.im.ni.da

替換：只要把黃色部分代入您的名字就可以了！

知多點

自我介紹時，韓國人會介紹自己的全名，較少用英文名字。但由於中文名字較為複雜，變音較多，建議大家以英文名字作自我介紹，英文名字的韓文發音與英文發音非常相似，因此直接以英文發音說也不為過。

另外，稱呼別人時，要在名字後面加上表示「先生 / 小姐」的「씨【ssi】（諧音：思）」。

例如： 김미나 씨 （金美娜小姐） 或 미나 씨 （美娜小姐）
　　　 이호준 씨 （李浩俊先生） 或 호준 씨 （浩俊先生）
　　　 토비 씨 　 （ Toby 先生）

注意，不能只用姓氏加上「씨」，這是不禮貌的說法啊！

問題 1：您是香港人嗎？
홍콩 사람입니까？
空.cone/ 沙.冧.炎.knee.家
hong.kong/ sa.ram.im.ni.kka

問題 2：您是哪個國家的人？
어느 나라 사람입니까？
honor/ 拿.啦/ 沙.冧.炎.knee.家
eo.neu/ na.ra/ sa.ram.im.ni.kka

聽到以上問題的話，可以這樣回答：

替換句

②

我是香港人。

저는 홍콩 사람입니다 .

【錯.noon/ 空.cone/ 沙.冧.炎.knee.家】

jeo.neun/ hong.kong/ sa.ram.im.ni.kka

替換：只要把黃色部分代入【地區】就可以了！

替換詞彙【地區】

中國 | 중국
從.局
jung.guk

澳洲 | 호주
呵.jew
ho.ju

加拿大 | 캐나다
care.那.打
kae.na.da

韓國 | 한국
慳.局
han.guk

法國 | 프랑스
pool.冷.sue
peu.rang.seu

意大利 | 이탈리아
意.他.lee.呀
i.tal.li.a

香港 | 홍콩
空.cone
hong.kong

德國 | 독일
陀.gild
do.gil

西班牙 | 스페인
sue.pair.in
seu.pe.in

29

日本	일본 ill.半 il.bon	美國	미국 咪.局 mi.guk	泰國	태국 tare.谷 tae.guk

印度 | 인도
in.door
in.do

馬來西亞 |
말레이시아
麻.哩.姨.是.呀
mal.le.i.si.a

英國 | 영국
yawn.局
yeong.guk

俄羅斯 | 러시아
螺.絲.呀
reo.si.a

印度尼西亞 |
인도네시아
in.door.呢.是.呀
in.do.ne.si.a

問題：　　　您的職業是什麼？
　　　　　　직업이 무엇입니까？
　　　　　　似.哥.bee/ moo.痾.seem.knee.家
　　　　　　ji.geo.bi/ mu.eo.sim.ni.kka

聽到以上問題的話，可以這樣回答：

替換句
3

我是學生。

저는 학생입니다 .

【錯.noon/ 黑.腥.炎.knee.打】

jeo.neun/ hak.ssaeng.im.ni.da

替換：只要把黃色部分代入您的【職業】就可以了！

替換詞彙【職業】

學生 | 학생
黑.腥
hak.ssaeng

老師 | 선생님
sean.腥.黏
seon.saeng.nim

廚師 | 요리사
嗬.哩.沙
yo.ri.sa

護士 | 간호사
(卡-晏).呵.沙
gan.ho.sa

記者 | 기자
key.炸
gi.ja

律師 | 변호사
(pee-安).呵.沙
byeon.ho.sa

演員 | 배우
pair.烏
bae.u

醫生 | 의사
(er-易).沙
ui.sa

秘書 | 비서
pee.saw
bi.seo

司機 | 기사
key.沙
gi.sa

警察 | 경찰관
(key-yawn).(差-ill).慣
gyeong.chal.gwan

店員 | 점원
錯.(摸-安)
jeo.mwon

歌手 | 가수
卡.sue
ga.su

經理 | 매니저
咩.knee.座
mae.ni.jeo

設計師 | 디자이너
tea.炸.姨.挪
di.ja.i.neo

美容師 | 미용사
咪.用.沙
mi.yong.sa

公務員 | 공무원
cone.moo.won
gong.mu.won

消防員 | 소방관
saw.崩.慣
so.bang.gwan

會計師 | 회계사
(who-where).嘅.沙
hoe.gye.sa

家庭主婦 | 주부
choo.bull
ju.bu

公司職員 | 회사원
(who-where).沙.won
hoe.sa.won

建築師 | 건축가
corn.促.家
geon.chuk.kka

銀行職員 | 은행원
嗯.輕.won
eun.haeng.won

空中服務員 | 승무원
乘.moo.won
seung.mu.won

基本用語

31

機場

第 4 課

4.1 在飛機上
기내에서

（找位置時）

慳姑 ： **請問這個位置在哪裏？**
한구： 이 좌석은 어디예요 ?
易/ (錯-呀).梳.冠/ 哦.哟.夜.唷
i/ jwa.seo.geun/ eo.di.ye.yo

服務員 ： **往這邊走就可以了。**
승무원： 이쪽으로 가시면 됩니다 .
易.jogger.raw/ 卡.思.(咪-安)/ (唖-am).knee.打
i.jjo.geu.ro/ ga.si.myeon/ doem.ni.da

（放行李時）

慳姑 ： **不好意思，請幫我把這行李放上去。**
한구： 실례지만 짐 올리는 것 좀 도와주세요 .
思.哩.之.慢/ 簽/ oh.lee.noon/ 割/ joom/ 圖.畫.choo.些.唷
sil.lye.ji.man/ jim/ ol.li.neun/ geot/ jjom/ do.wa.ju.se.yo

服務員 ： 是，好的。
승무원： 네 , 알겠습니다 .
呢/ 嗌.get.sym.knee.打
ne/ al.get.sseum.ni.da

（取行李時）

慳姑 ： 不好意思，請幫我把這行李拿下來。
한구： 실례지만 짐 내리는 것 좀 도와주세요 .
思.哩.之.慢/ 簽/ 呢.lee.noon/ 割/ joom/ 圖.畫.choo.些.唷
sil.lye.ji.man/ jim/ nae.ri.neun/ geot/ jjom/ do.wa.ju.se.yo

服務員 ： 是，好的。
승무원： 네 , 알겠습니다 .
呢/ 嗌.get.sym.knee.打
ne/ al.get.sseum.ni.da

（要東西時）

慳姑 ： 請給我毛毯。❶
한구： 담요 좀 주세요 .
談.(knee-唷)/ joom/ choo.些.唷
dam.nyo/ jom/ ju.se.yo

服務員 ： 好，請等一下。
승무원： 네 , 잠시만 기다려 주십시오 .
呢/ 沉.思.慢/ key.打.(lee-all).choo.涉.思.唷
ne/ jam.si.man/ gi.da.ryeo/ ju.sip.ssi.o

35

替換句

1

請給我**毛毯**。

담요 좀 주세요 .

【談.(knee-唷)/ joom/ choo.些.唷】

dam.nyo/ jom/ ju.se.yo

替換：只要把黃色部分代入【機內物件及飲品】就可以了！
這句替換也適合於餐廳點菜或者購物時用啊！

替換詞彙【機內物件及飲品】

耳機 | 헤드폰
header.潘
he.deu.pon

水 | 물
mool
mul

嘔吐袋 | 멀미봉투
mall.咪.碰.too
meol.mi.bong.tu

入境表格 |
입국카드
頁.谷.card
ip.kkuk.ka.deu

暈浪藥 | 멀미약
mall.咪.喫
meol.mi.yak

筆 | 펜
pen
pen

橙汁 |
오렌지 주스
哦.lend.之/ juice
o.ren.ji/ ju.seu

可樂 | 콜라
cola
kol.la

啤酒 | 맥주
mag.jew
maek.jju

紅酒 | 와인
哇.in
wa.in

枕頭 | 베개
pair.嘅
be.gae

暖水 | 따뜻한 물
打.do.攤/ mool
tta.tteu.tan/ mul

茶 | 차
差
cha

咖啡 | 커피
call.pee
keo.pi

4.2 在銀行換錢
은행에서 환전하기

職員 ： 有什麼能為您服務的嗎？
직원： 무엇을 도와 드릴까요 ?
moo.all.sool/ 圖.畫/ to.reel.嫁.唷
mu.eo.seul/ do.wa/ deu.ril.kka.yo

慳姑 ： 我想要換錢。
한구： 환전하고 싶은데요 .
(who-灣).john.哈.哥/ 思.潘.dare.唷
hwan.jeon.ha.go/ si.peun.de.yo

職員 ： 您想要換多少呢？
직원： 얼마 환전해 드릴까요 ?
all.媽/ (who-灣).john.hair/ to.reel.嫁.唷
eol.ma/ hwan.jeon.hae/ deu.ril.kka.yo

慳姑 ： 請給我換港幣三千元。❶
한구： 홍콩돈 3,000 달러만 바꿔 주세요 .
空.cone.頓/ 三.(初-安)/ die.囉.萬/ 怕.過/ choo.些.唷
hong.kong.don/ sam.cheon/ dal.leo.man/ ba.kkwo/ ju.se.yo

職員 ： 今天一港元兌換一百四十韓圜。
직원： 오늘 환율은 1 달러에 140 원이에요 .
哦.nool/ (who-灣).new.ruin/ ill.die.囉.air/ 劈.沙.思.bonnie.夜.唷
o.neul/ hwa.nyu.ren/ il.dal.leo.e/ baek.ssa.si.bwo.ni.e.yo.

這裏有四十二萬韓圜，請確認一下。
여기 42 만 원입니다 . 확인해 보세요 .
your.gi/ 沙.思.be.萬/ won.炎.knee.打/ (who-哇).見.hair/ 破.些.唷
yeo.gi/ sa.si.bi.ma/ nwo.nim.ni.da/ hwa.gin.hae/ bo.se.yo

慳姑 ： 沒錯。謝謝！
한구： 맞아요 . 감사합니다 .
麻.炸.唷/ 琴.沙.堪.knee.打
ma.ja.yo/ gam.sa.ham.ni.da

替換句
①

請替我換港幣三千元。

홍콩돈 3,000 달러만 바꿔 주세요 .

【空.cone.頓/ 三.(初-安)/ die.囉.萬/ 怕.過/
choo.些.唷】

hong.kong.don/ sam.cheon/ dal.leo.man/ ba.kkwo/
ju.se.yo

替換：只要把黃色部分代入你想要換的金額【數字 1】就可以了！

替換詞彙【數字 1】

1｜일 ill il	2｜이 易 i	3｜삼 三 sam	4｜사 沙 sa
5｜오 哦 o	6｜육 郁 yuk	7｜칠 chill chil	8｜팔 pal pal
9｜구 cool gu	10｜십 涉 sip	11｜십일 思.bill si.bil	12｜십이 思.be si.bi
13｜십삼 涉.三 sip.ssam	14｜십사 涉.沙 sip.ssa	15｜십오 思.播 si.bo	16｜십육 seem.(knee-郁) sim.nyuk
17｜십칠 涉.chill sip.chil	18｜십팔 涉.pal sip.pal	19｜십구 涉.姑 sip.kku	20｜이십 易.涉 i.sip

30	삼십	40	사십	50	오십	60	육십
三.涉	沙.涉	哦.涉 50	郁.涉
sam.sip	sa.sip	o.sip	yuk.ssip

70	칠십	80	팔십	90	구십	100	백
chill.涉	pal.涉 80	cool.涉	劈
chil.sip	pal.sip	gu.sip	baek

1,000	천	10,000	만	10 萬	십만	1 百萬	백만
(初-安)	萬	seem.萬	平.萬
cheon	man	sim.man	baeng.man

1 千萬	천만	1 億	일억
(初-安).萬	易.rock
cheon.man	i.reok

知多點

在韓國，有「漢字數字」和「純韓文數字」兩種數字系統，在不同情況下會用不同的數字説法。本書「數字 1」（第 39 頁）及「時間 4」（第 91 頁）是「漢字數字」，一般用於日期、金額、數目、號碼等數字比較多或比較大的情況，跟隨的量詞也以漢字詞為多。

漢字數字
* 日期、金額、號碼、數目、時間（分、秒、分鐘）、
食物（幾人份）、年級、名次等等 *

數字	0	1	2	3	4	5	6	7	8	9	10
韓文	공 / 영	일	이	삼	사	오	육	칠	팔	구	십
諧音	窮 / yawn	ill	易	易	沙	哦	郁	chill	pal	cool	涉
羅馬拼音	gong / yeong	il	i	sam	sa	o	yuk	chil	pal	gu	sip

用法 1: 金額

説價錢時，會用「漢字數字」數字系統，而韓圜的韓文是「원 [won]」，説價錢時在金額後加上「원」就可以。

例如：

三十	四萬	二千	五百	六十	圜（韓圜）
3	4	2 ,	5	6	0 원
삼십	사만	이천	오백	육십	
三.涉	沙.萬	易.(初-安)	哦.bag	郁.涉	won
sam.sip	ssa.man	i.cheon	o.baek	yuk.ssip	won

注意：如果開首數字是「1」的話，「1」不必讀出來。

150 원	→	백오십 원【bae.go.si/ bwon】	（일백오십 원 X）
1,000 원	→	천 원【cheo/ nwon】	（일천 원 X）
13,000 원	→	만 삼천 원【man/ sam.cheo/ nwon】	（일만 삼천 원 X）

例外：

100,000,000 원	→	일억 원【i.reo/ gwon】	（억 원 X）

備註：本書的發音都以連音或變音後的方式標示，在説數字的時候，為了避免聽的和説的有出入，不作連音也無妨。

用法 2: 日期

2017	年	12	月	24	日
이천십칠	년	십이	월	이십오	일
二.(初-安) 涉.chil	(knee-安)	思.bee	wall	二.涉.沙	ill
i.cheon.sip.chil	nyeon	si.bi	wol	i.si.bo	il

用法 3: 電話號碼

010	-	9245	-	2263
공일공	의	구이사오	의	이이육삼
窮.ill.共	欸	cool.二.沙.哦	欸	二.二.郁.三
gong.il.gong	e	gu.i.sa.o	e	i.i.yuk.ssam

備註：韓國的手提電話號碼都是「010」開頭，如果打國際電話去韓國就要去掉第一個「0」，再加上「+82」在前面，即是「+82-10-9245-2263」。這裡的「0」要讀成「공」，不讀作「영」。

而本書「數字 2」（第 47 頁）、「時間 3」（第 91 頁）及「數量」（第 129 頁）則是「純韓文數字」，一般用於計算數量，跟隨的量詞多是純韓文字詞，當然也有例外的。

如果不知道用什麼量詞，可以不加量詞，直接用「純韓文數字」表達數量，本書都以加量詞的表達方式顯示。另名，韓文中要先説名詞，後説數量。

「一個蘋果」要説成「蘋果一個」

＜不加量詞的説法＞			＜加量詞的説法＞	
蘋果	一個	＝	蘋果	一個
사과	하나	＝	사과	한 개
沙.瓜	哈.拿	＝	沙.瓜	慳 / 嘅
sa.gwa	ha.na	＝	sa.gwa	han/ gae

備註：請延伸參考本書第 47 頁和 129 頁數字加量詞的部分。

純韓文數字

＊數目、人數、時間（時、鐘數）＊

數字	0	1	2	3	4	5
韓文 （加量詞時）	공 / 영	하나 （한）	둘 （두）	셋 （세）	넷 （네）	다섯
諧音	窮 / yawn	哈.拿 （慳）	tool (to)	set （些）	net （呢）	他.shot
羅馬拼音	gong / yeong	ha.na	dul	set	net	da.seot

數字	6	7	8	9	10
韓文 （加量詞時）	여섯	일곱	여덟	아홉	열
諧音	唷.shot	ill.gob	唷.doll	亞.hope	yoll
羅馬拼音	yeo.seot	il.gop	yeo.deol	a.hop	yol

韓國的貨幣種類

目前韓國的貨幣分為紙幣和硬幣兩種，紙幣的最大面額為五萬韓圜，然後是一萬韓圜、五千韓圜及一千韓圜。而硬幣則有五百韓圜、一百韓圜、五十韓圜以及十韓圜。

紙幣 지폐
ji.pye【似.pair】

五萬韓圜
오만 원
哦.罵.non
o.ma.nwon

一萬韓圜
만 원
罵.non
ma.nwon

五千韓圜
오천 원
哦.初.non
o.cheo.nwon

一千韓圜
천 원
初.non
cheo.nwon

硬幣 동전
dong.jeon【同.john】

五百韓圜
오백 원
哦.啤.(過-安)
o.bae.gwon

一百韓圜
백 원
pair.(過-安)
bae.gwon

五十韓圜
오십 원
哦.思.bon
o.si.bwon

十韓圜
십 원
思.bon
si.bwon

港幣兌換韓幣的匯率，大約是一港元兌換一百三十九至一百四十六韓圜，近年通常在一百四十二上下變動。

匯率變動可參考以下網站：

韓國觀光公社網站：
big5chinese.visitkorea.or.kr/cht/index.kto
（右下角可輸入港元數目換算當日匯率）

Yahoo! 網站：
hk.finance.yahoo.com/currency-converter

慳姑 TIPS

在當地市區兌換所換錢比較划算，尤其明洞那邊的兌換所匯率都比較好。建議在香港先換小量的韓圜，以作抵達第一天之用，之後可以在當地換多點錢。

4.3 在機場便利店買交通卡（T-Money Card）

편의점에서 교통 카드 구입 (티-머니 카드)

（找便利店時）

慳姑 ： 不好意思，請問這附近有便利店嗎？

한구 : 실례합니다 , 이 근처에 편의점이 있나요 ?

思.哩.堪.knee.打/ 易/ 勤.初.air/ (pee-all).knee.助.咪/ in.拿.唷

sil.lye.ham.ni.da/ i/ geun.cheo.e/ pyeo.ni.jeo.mi/ in.na.yo

韓國人 ： 就在那間咖啡室旁邊。

한국인 : 저기 커피숍 옆에 있습니다 .

錯.gi/ call.pee.shom/ (knee-all).pair/ it.sym.knee.打

jeo.gi/ keo.pi.syom/ nyeo.pe/ it.sseum.ni.da

45

（在便利店時）

職員 ： 歡迎光臨！
직원 : 어서 오세요!
　　all.梳/ 哦.些.唷
　　eo.seo/ o.se.yo

慳姑 ： 請給我一張 T-Money 卡。❶
한구 : 티 - 머니 카드 한 장 주세요 .
　　T.麼.knee/ carder/ 慳/ 爭/ choo.些.唷
　　ti.meo.ni/ ka.deu/ han/ jang/ ju.se.yo

職員 ： 好的，在這裏。二千五百韓圜。
직원 : 네 , 여기 있습니다 . 2,500 원입니다 .
呢/　yaw.gi/ it.sym.knee.打/ 易.(初-安).哦.bag/ won.炎.knee.打
ne/　yeo.gi/ it.sseum.ni.da/　i.cheo.no.bae/gwo.nim.ni.da

慳姑 ： 請幫我儲值一萬韓圜。❷
한구 : 만 원을 충전해 주세요 .
　　萬/ won.nool/ 沖.john.hair/ choo.些.唷
　　ma/ nwo.neul/ chung.jeon.hae/ ju.se.yo

職員 ： 好的，儲值好了。
직원 : 네 , 충전 다 됐습니다 .
呢/　沖.john/ 他/ (do-wet).sym.knee.打
ne/　chung.jeon/ da/ doet.sseum.ni.da

替換句

1

請給我一張 T-Money 卡。

티-머니 카드 한 장 주세요.

【T.廖.knee/ carder/ 慳/ 爭/ choo.些.唷】

ti.meo.ni/ ka.deu/ han/ jang/ ju.se.yo

替換：只要把黃色部分代入您想要的張數【數字2】就可以了！

替換詞彙【數字2】

1 張｜한 장	2 張｜두 장	3 張｜세 장
慳/ 爭	to/ 爭	些/ 爭
han/ jang	du/ jang	se/ jang

4 張｜네 장	5 張｜다섯 장	6 張｜여섯 장
呢/ 爭	他.sort/ 增	yaw.sort/ 增
ne/ jang	da.seot/ jjang	yeo.seot/ jjang

7 張｜일곱 장	8 張｜여덟 장	9 張｜아홉 장
ill.goup/ 增	yaw.doll/ 增	呀.hope/ 增
il.gop/ jjang	yeo.deol/ jjang	a.hop/ jjang

10 張｜열 장
yall/ 增
yeol/ jjang

47

知多點

「장」是量詞「張」的意思，可以以其他量詞代替。例如：「個」是「개 /gae」（諧音：嘅），「一個」可説成「한 개 [han/ gae]」（諧音：慳嘅）。

另外，韓國的 T-money 交通卡（即八達通），除了搭車用，也可以買東西。更好的是，用交通卡比現金便宜，而且有換乘優惠。在 30 分鐘以內，無論是地鐵轉巴士，還是巴士轉地鐵，或者巴士轉巴士，也可以享有轉乘優惠，最多可以轉乘四次，巴士距離 10 公里以內都是免費的，也就是只付第一程車費就可以。但乘搭巴士的時候，記得上車、下車也要拍卡，不然就會沒有轉乘優惠啊！慳姑一開始不太習慣上、下車都要拍卡，有時候會忘記，就浪費了很多錢。

注意： 轉乘優惠不適用於地鐵轉地鐵以及同一路線的巴士轉乘。

備註：請延伸參考本書第 40 頁關於數字的説明。

替換句

2

請給我儲值一萬韓圜。

만 원 〈을/를〉* 충전해 주세요.

【萬.won.<ul/rule>*/ 沖.john.hair/ choo.些.唷】

ma.nwon.<eul/reul>*/ chung.jeon.hae/ ju.se.yo

替換：只要把黃色部分代入您想要儲值的金額【數字 1】就可以了！

*<을/를>是助詞，於口語中可以省略，發音較困難的話可以不用説。

4.4 機場及機內相關詞彙
공항 및 기내 어휘

中文	韓文	羅馬拼音	諧音（粵語、英語）
機場	공항	gong.hang	窮.坑
check-in 櫃檯	체크인 카운터	che.keu.in/ ka.un.teo	車.keen/ count.拖
護照	여권	yeo.gwon	your.(過-安)
飛機票	비행기표	bi.haeng.gi.pyo	pee.輕.gi.(pee-唷)
電子機票 (e-Ticket)	전자티켓	jeon.ja.ti.ket	(錯-安).炸.tee.cat
登機證	탑승권	tap.sseung.gwon	塔.鬆.(過-安)
簽證	비자	bi.ja	pee.渣
出入境卡	출입국카드	chu.rip.kkuk.ka.deu	choo.lip.谷.carder
行李	짐 / 수하물	jim / su.ha.mul	潛 / sue.哈.mool
經濟艙	이코노미 클래스	i.ko.no.mi/ keul.lae.seu	易.call.挪.咪/ cool.lesser

中文	韓文	羅馬拼音	諧音（粵語、英語）
商務艙	비즈니스 클래스	bi.jeu.ni.seu/ keul.lae.seu	pee.jew.knee.sue/ cool.lesser
頭等艙	퍼스트 클래스	peo.seu.teu/ keul.lae.seu	paul.sue.too/ cool.lesser
機內行李架	선반	seon.ban	sean.班
機長	기장	gi.jang	key.爭
空姐	스튜어디스	seu.tyu.eo.di.seu	steal.all.dizzy
安全帶	안전벨트	an.jeon.bel.teu	晏.john.bell.too
餐桌	테이블	te.i.beul	tay.易.bull
嘔吐袋	멀미봉투	meol.mi.bong.tu	mall.咪.碰.too
飛機餐	기내식	gi.nae.sik	gi.呢.seek
逃生門	비상구	bi.sang.gu	pee.生.固
洗手間	화장실	hwa.jang.sil	(who-哇).爭.seal
登機口	탑승구	tap.sseung.gu	塔.鬆.固
候機室	대기실	dae.gi.sil	tare.gi.seal
入境	입국	ip.kkuk	葉.谷
出境	출국	chul.guk	chool.谷
轉乘	환승	hwan.seung	(who-灣).送

中文	韓文	羅馬拼音	諧音（粵語、英語）
國際線	국제선	guk.jje.seon	cook.姐.sean
國內線	국내선	gung.nae.seon	窮.呢.sean
輸送帶	컨베이어	keon.be.i.eo	corn.bay.all
兌換所	환전소	hwan.jeon.so	(who-灣).john.傻
免稅店	면세점	myeon.se.jeom	(咪-安).些.jom
免稅品	면세품	myeon.se.pum	(咪-安).些.poom
吸煙室	흡연실	heu.byeon.sil	who.(bee-安).seal
易燃物	인화물	in.hwa.mul	in.(who-哇).mull
液體物品	액체물품	aek.che.mul.pum	egg.車.mull.poom
海關	세관	se.gwan	些.慣
海關申報表	세관신청서	se.gwan.sin.cheong.seo	些.慣.先.倉.梳
機場鐵路	공항철도	gong.hang.cheol.do	窮.坑.(初.ol).door
機場詢問處	공항 안내 데스크	gong.hang/ an.nae/ de.seu.keu	窮.坑/ 晏.呢/ desk
取行李區	수하물 찾는 곳	su.ha.mul/ chan.neun/ got	sue.哈.mull/ 餐.noon/ good
出口	출구	chul.gu	chool.固

交通

第

5

課

5.1 交通工具種類
교통수단 종류

火車 기차
gi.cha【key.差】

KTX 高速列車 / KTX- 한국고속철도
KTX-憁.谷.哥.叔.(初-ol).door
KTX-han.guk.kko.sok.cheol.do

ITX- 新村號 / ITX- 새마을
ITX-些.麻.ul
ITX-sae.ma.eul

ITX- 青春號 / ITX- 청춘
ITX-倉.春
ITX-cheong.chun

無窮花號 / 무궁화호
moo.公.(who-哇).呵
mu.gung.hwa.ho

Nuriro 號 / 누리로
noo.lee.raw
nu.ri.ro

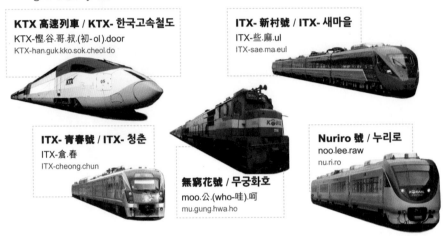

　　在韓國，如果要去比較遠的地方，例如從首爾去釜山，除了可以乘搭內陸機，也可以搭火車啊！KTX 高速列車非常快，而且可以上網訂票，很方便。

訂票網址：www.letskorail.com

地鐵 지하철
ji.ha.cheol【似.哈.(初-ol)】

機場鐵路 / 공항철도
窮.坑.(初-ol).door
gong.hang.cheol.do

地鐵 / 지하철
似.哈.(初-ol)
ji.ha.cheol

機場巴士 공항버스
gong.hang.beo.seu【窮.坑.波.sue】

觀光巴士 / 관광버스
困.(姑-罍).波.sue
gwan.gwang.beo.seu

高級機場巴士 / 리무진고급
lee.moo.箭.個.goop
ri.mu.jin.go.geup
較舒適，但也較貴。

高速巴士 / 고속버스
call.叔.波.sue
go.sok.ppeo.seu

普通機場巴士 / 리무진일반
lee.moo.箭.ill.班
ri.mu.jin.il.ban

在機場乘搭的話
可以在售票處買票；
在市區往機場則上車
時向司機買票。

長途巴士一般在市外
巴士客運站乘搭。

巴士 버스
beo.seu【波.sue】

藍色（幹線）巴士 / 파랑 (간선) 버스
趴.冷.(勤.sean).波.sue
pa.rang.(gan.seon).beo.seu
首爾市內遠距離
運行的幹線巴士。

綠色（支線）巴士 / 초록 (지선) 버스
初.綠.(次.sean).波.sue
cho.rok.(ji.seon).beo.seu
與幹線巴士和地鐵相連接，
便於換乘的區域內支線巴士。

小區（短途）巴士 / 마을버스
罵.ool.波.sue
ma.eul.beo.seu

紅色（廣域）巴士 / 빨강 (광역) 버스
bye.奸.(逛.knee-惡).波.sue
ppal.gang.(gwang.nyeok).beo.seu
快速連接首都圈和首爾市中心
的廣域巴士，擁有獨立收費體系。

黃色（循環）巴士 / 노랑 (순환) 버스
挪.冷.(soon.慳).波.sue
no.rang.(sun.hwan).beo.seu
首爾市中心和郊區
之間運行的循環巴士。

支線巴士中運行距離最短，
費用較低的小區巴士。

的士 택시
taek.ssi【Taxi】

一般的士 / 일반택시
ill.班.taxi
il.ban.taek.ssi

一般的士有白色、銀色和橙色 3 種，起錶
價為 3,000 韓圜，其後每 142 米加 100 韓圜；
夜間 12 時至凌晨 4 時會加收 20% 費用。

模範的士 / 모범택시
磨.bomb.taxi
mo.beom.taek.ssi

模範的士均是黑色的，起錶為 5,000 韓
圜，其後每 164 米加 200 韓圜。

大型的士 / 대형택시
tare.(嘻-yawn).taxi
dae.hyeong.taek.ssi

大型的士最多可以載 8 人，適合團體旅行
或行李多的旅客；收費與模範的士相同。

5.2 從機場到市區的方法
공항에서 시내로 가는 방법

　　從仁川國際機場到市區的交通非常方便，可以乘搭機場快線、普通
機場鐵路、巴士、的士等。一般遊客都會選擇搭機場巴士到酒店，其實
如果行李不多，可以選擇乘搭普通機場鐵路，費用約是機場巴士的一
半。

AREX 仁川機場鐵路 공항철도

機場鐵路共有 12 個站，途經 6 個轉線站，十分便利。

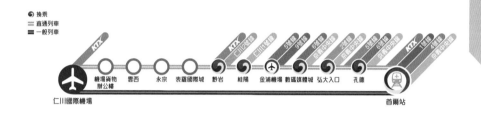

1. **直通列車** 직통열차（**即機場快線**）

路線	仁川國際機場 ↔ 首爾站
票價	8,000 韓圜
所需時間	43 分鐘
班次	機場出發 ⇨ 首班 05:20，尾班 21:50 首爾站出發 ⇨ 首班 06:00，尾班 22:20 （約 30 至 40 分鐘一班車，每小時 1 至 2 班車）

2. **一般列車** 일반열차（**普通地鐵**）

路線	仁川國際機場站 ↔ 機場貨物辦公樓站 ↔ 永忠站 ↔ 雲西站 ↔ 青羅國際城 ↔ 黔岩站 ↔ 桂陽站 ↔ 金浦機場站 ↔ 多媒體城站 ↔ 弘大入口站 ↔ 孔德站 ↔ 首爾站
票價	4,150 韓圜（以仁川國際機場至首爾站為準）
所需時間	58 分鐘
班次	機場出發 ⇨ 首班 05:23，尾班 23:40 首爾站出發 ⇨ 首班 05:20，尾班 23:40 （約 10 至 15 分鐘一班車，每小時 4 至 6 班車）

資料以 2017 年 5 月為準，請自行上網查詢有否變動（www.arex.or.kr）。

機場巴士 공항버스

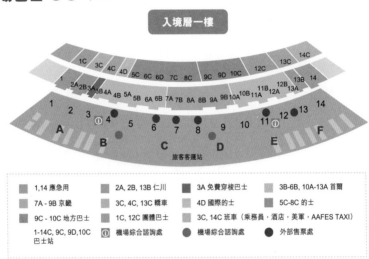

交通中心平面圖

6001 巴士 〈明洞・東大門〉 乘車處：5B、11B

路線	仁川國際機場 ↔ 明洞站・東大門
途經酒店	首爾南山福朋喜來登酒店 ↔ TMark 酒店 ↔ PJ 酒店 ↔ Baiton 酒店 ↔ Acasia 酒店 ↔ Western Co-op Residence 酒店 ↔ 乙支路 Co-op Residence 酒店 ↔ 東橫 INN 酒店 ↔ 東大門天空花園酒店
票價	15,000 韓圜
班次	機場出發 → 首班 05:45（週末及公眾假期 06:00），尾班 22:40 東大門（Baiton 酒店）出發 → 首班 04:30，尾班 20:00

詳細資訊：http://www.airportlimousine.co.kr/chi/lbr/lbr02_1.php#6001

6005 巴士 〈市廳・仁寺洞〉 乘車處：5B、11B

路線	仁川國際機場 ↔ 市政府
途經酒店	Grand 希爾頓酒店 ↔ 西大門新羅舒泰酒店 ↔ Vabien Suite 酒店 ↔ Fraser Places 首爾中心公寓酒店 ↔ Fraser Places 南大門公寓酒店 ↔ Aventree 酒店
票價	15,000 韓圜
班次	機場出發 → 首班 06:30（週末及公眾假期 06:40），尾班 23:00 仁寺洞出發 → 首班 04:30，尾班 20:40

詳細資訊：http://www.airportlimousine.co.kr/chi/lbr/lbr02_1.php#6005

6010 巴士 〈往十里站〉乘車處：6B、13A

路線	仁川國際機場 ↔ 往十里站
途經酒店	斗山 We've Tresium 公寓
票價	15,000 韓圓
班次	機場出發 → 首班 06:20（週末及公眾假期 06:30），尾班 22:55 往十里站出發 → 首班 04:20，尾班 20:30

詳細資訊：http://www.airportlimousine.co.kr/chi/lbr/lbr02_1.php#6010

6015 巴士 〈明洞站〉乘車處：5B、11B

路線	仁川國際機場 ↔ 明洞站
途經酒店	Best Western 首爾花園酒店（麻浦站）↔ 首爾麻浦樂天城市酒店（孔德站）↔ 首爾麻浦新羅舒泰飯店 ↔ Brown Suites 酒店 ↔ IBIS 明洞酒店 ↔ 皇家酒店 ↔ 國都酒店 ↔ Hotel Biz 酒店 ↔ TMark 酒店
票價	15,000 韓圓
班次	機場出發 → 首班 05:35（週末及公眾假期 05:40），尾班 22:50 明洞出發 → 首班 04:25，尾班 20:20

詳細資訊：http://www.airportlimousine.co.kr/chi/lbr/lbr02_1.php#6015

6702 巴士 〈南山〉乘車處：4A、10B

路線	仁川國際機場 ↔ 南山
途經酒店	Best Western 首爾花園酒店（麻浦站）↔ 首爾麻浦樂天城市酒店（孔德站）↔ 華美達套房酒店 ↔ 千禧年希爾頓酒店 ↔ 首爾君悅酒店 ↔ Summit 酒店 ↔ KY 喜來得東大門酒店 ↔ Grand Ambassador 酒店 ↔ 新羅酒店
票價	16,000 韓圓
班次	機場出發 → 首班 05:10（4A 乘車處），05:14（10B 乘車處）； 尾班 22:44（4A 乘車處）；22:48（10B 乘車處） 明洞出發 → 首班 04:54，尾班 19:05

詳細資訊：http://www.kallimousine.com/eng/schedule_en.asp

5.3 問路
길 찾기

我在哪裏……

慳姑 ： 打擾了，請問巴士站在哪裏？ ❶
한구 ： 저기요 , 버스 정류장이 어디예요 ?

錯.gi.唷　bus　創.new.爭.姨/　哦.啲.夜.唷
jeo.gi.yo/　beo.seu/　jeong.nyu.jang.i/　eo.di.ye.yo

韓國人 ： 在一樓。
한국인 ： 1 층에 있어요 .

ill/ 清.air/ 易.梳.唷
il/ cheung.e/ i.sseo.yo

慳姑 ： 怎樣去那裏呢？②
한구 ： 거기에 어떻게 가요 ?
call.gi.air/ 哦.多.care/ 卡.唷
geo.gi.e/ eo.tteo.ke/ ga.yo

韓國人 ： 從這邊一直走就可以看到。
한국인 ： 이쪽으로 쭉 가시면 보일 거예요 .
易.jogger.raw/ 足/ 卡.是.(咪-安)/ 破.ill.哥.爺.唷
i.jjo.geu.ro/ jjuk/ ga.si.myeon/ bo.il.kkeo.ye.yo

慳姑 ： 呀，明白了！謝謝！
한구 ： 아 , 알겠습니다 . 고맙습니다 .
呀/ 嗌.get.sym.knee.打/ call.(媽-up).sym.knee.打
a/ al.get.sseum.ni.da/ go.map.sseum.ni.da

替換句

1

請問巴士站在哪裏？

버스 정류장 <이/가>* 어디예요 ?

【bus/ 創.new.爭.<易/嫁>*/ 哦.啲.夜.唷】

beo.seu/ jeong.nyu.jang.<i/ga>*/ eo.di.ye.yo

替換 : 只要把黃色部分代入【交通相關場所】或您想去的地方就可以了！
＊<이/가>是助詞，於口語中可以省略，發音較困難的話可以不用説。

61

替換句

2

怎樣去那裏呢？

거기에 어떻게 가요？

【call.gi.air/ 哦.多.care/ 卡.唷】

geo.gi.e/ eo.tteo.ke/ ga.yo

替換：只要把黃色部分代入您正要去的地方就可以了！

替換詞彙【交通相關場所】

巴士站｜ 버스 정류장 bus/ 創.new.贈 beo.seu/ jeong.nyu.jang	地鐵站｜지하철역 似.哈.初.(lee -惡) ji.ha.cheol.lyeok	的士站｜ 택시 승강장 taxi/ 送.奸.贈 taek.ssi/ seung.gang.jang
停車場｜주차장 choo.差.贈 ju.cha.jang	機場鐵路｜ 공항철도 窮.坑.(初-all).door gong.hang.cheol.do	售票處｜매표소 咩.(pee-哦).saw mae.pyo.so
售票窗口｜ 매표창구 咩.(pee-哦).撐.固 mae.pyo.chang.gu	詢問處｜안내소 晏.呢.傻 an.nae.so	火車站｜기차역 key.差.york gi.cha.yeok
投幣式儲物櫃｜ 코인 로커 coin/ raw.call ko.in/ ro.keo	高速巴士客運站｜ 고속버스터미널 call.宿.bus.拖.咪.knoll go.sok.ppeo.seu.teo.mi.neol	綜合巴士客運站｜ 종합버스터미널 從.合.bus.拖.咪.knoll jong.hap.ppeo.seu.teo.mi.neol
儲物櫃｜보관함 破.慣.堪 bo.gwan.ham	市外巴士客運站｜ 시외버스터미널 思.where.bus.拖.咪.knoll si.oe.beo.seu.teo.mi.neol	區內巴士站｜ 마을버스 정류장 罵.el.bus/ 創.new.贈 ma.eul.beo.seu/ jeong.nyu.jang
市內巴士站｜ 시내버스 정류장 思.呢.bus/ 創.new.贈 si.nae.beo.seu/ jeong.nyu.jang	自動售票機(火車站)｜ 표 자동판매기 (pee-哦)/ 查洞擊maggie pyo/ ja.dong.pan.mae.gi	自動售票機(地鐵站)｜ 교통카드 충전기 (key-哦).通.carder/ 沖.john.gi gyo.tong.ka.deu/ chung.jeon.gi

5.4 搭地鐵
지하철 타기

慳姑 ： 打擾了，請問這地鐵去明洞站嗎？❶
한구： 실례지만 , 이 지하철은 명동역에 가나요 ?

思.哩.之.慢/ 易/ 似.哈.初.ruin/ (咪-yawn).洞.yaw.嘅/ 卡.拿.唷
sil.lye.ji.man/ i/ ji.ha.cheo.reun/ myeong.dong.nyeo.ge/ ga.na.yo

韓國人 ： 不，要去明洞站的話要轉乘 4 號線才可以。
한국인： 아니요 , 명동역에 가려면
4 호선으로 갈아타야 해요 .

呀.knee.唷/ (咪-yawn).洞.yaw.嘅/ 卡.(lee-all).(咪-安)/
沙.呵.sean.noo.raw/ 卡.啦.他.也/ hair.唷
a.ni.yo/ myeong.dong.nyeo.ge/ ga.ryeo.myeon/
sa.ho.seo.neu.ro/ ga.ra.ta.ya/ hae.yo

慳姑 ： 要在哪裏換乘 4 號線呢？❷
한구 ： 4 호선은 어디에서 갈아타야 해요 ?
沙.呵.梳.noon/ 哦.喲.air.梳/ 卡.啦.他.也/ hair.唷
sa.ho.seo.neun/ eo.di.e.seo/ ga.ra.ta.ya/ hae.yo

韓國人 ： 從這裏乘搭 2 號線，
한국인： 여기에서 2 호선을 타고
yaw.gi.air.梳/ 易.呵.sean.el/ 他.個
yeo.gi.e.seo/ i.ho.seo.neul/ ta.go

在東大門歷史文化公園站下車後，
동대문역사문화공원역에서 내려서
同.爹.門.york.沙.門.(who-哇).共.won.yaw.嘅.梳/ 呢.(lee-all).梳
dong.dae.mun.nyeok.ssa.mun.hwa.gong.won.nyeo.ge.seo/ nae.ryeo.seo

轉乘 4 號線就可以。
4 호선으로 갈아타시면 돼요 .
沙.呵.sauna.raw/ 卡.啦.他.思.(咪.安)/ (to-where).唷
sa.ho.seo.neu.ro/ ga.ra.ta.si.myeon/ dwae.yo

慳姑 ： 原來是這樣！謝謝您的指導啊！
한구 ： 그렇군요 ! 가르쳐 주셔서 감사합니다 !
cool.raw.koon.(knee-哦)/ 卡.rule.初/ choo.shaw.梳/ 玲.沙.堪.knee.打
geu.reo.kun.nyo/ ga.reu.chyeo/ ju.syeo.seo/ gam.sa.ham.ni.da

替換句

①

請問這地鐵去明洞站嗎？

이 지하철 〈은/는〉* 명동역에 가나요？

【易/ 似.哈.(初-ol).＜un/noon＞*/ (咪-yawn).洞.york.air/ 卡.拿.唷】

i/ ji.ha.cheol.＜eun/neun＞*/ myeong.dong.nyeok.e/ ga.na.yo

替換：只要把黃色部分代入【地鐵站名】或你想去的地方就可以了！
藍色部分可代入其他交通工具，請參考〈5.1 交通工具總類〉。
*＜은/는＞是助詞，於口語中可以省略，發音較困難的話可以不用說。

替換詞彙【地鐵站名】

加平站 | 가평역
卡.(pee-yawn).york
ga.pyeong.nyeok

江南站 | 강남역
捎.嫡.york
gang.nam.nyeok

江邊站 | 강변역
捎.(bee-安).york
gang.byeon.nyeok

建大入口站 |
건대입구역
corn.爹.菓.姑.york
geon.dae.ip.kku.yeok

景福宮站 | 경복궁역
(key-yawn).卜.公.york
gyeong.bok.kkung.nyeok

金裕貞站 | 김유정역
鉗.you.撞.york
gi.myu.jeong.nyeok

鷺梁津站 | 노량진역
挪.(lee-young).箭.york
no.ryang.jin.nyeok

東大門站 | 동대문역
同.爹.門.york
dong.dae.mun.nyeok

明洞站 | 명동역
(咪-yawn).洞.york
myeong.dong.nyeok

首爾站 | 서울역
梳.ul.(lee-york)
seo.ul.lyeok

市廳站 | 시청역
思.倉.york
si.cheong.nyeok

新沙站 | 신사역
先.沙.york
sin.sa.yeok

新村站 | 신촌역
先.春.york
sin.chon.nyeok

安國站 | 안국역
晏.公.(knee-york)
an.gung.nyeok

東大門歷史文化公園站 |
동대문역사문화공원역
同.爹.門.york.沙.門.
(who-哇).共.won.york
dong.dae.mun.nyeok.ssa.
mun.hwa.gong.won.nyeok

交通

梨泰院站 | 이태원역
易.tare.won.york
i.tae.won.nyeok

狎鷗亭站 | 압구정역
up.姑.撞.york
ap.kku.jeong.nyeok

汝矣渡口站 | 여의나루역
your.易.拿.rule.york
yeo.i.na.ru.yeok

往十里站 | 왕십리역
橫.seem.knee.york
wang.sim.ni.yeok

龍山站 | 용산역
用.山.york
yong.san.nyeok

梨大站 | 이대역
易.爹.york
i.dae.yeok

蠶室站 | 잠실역
懺.silk.(lee-york)
jam.sil.lyeok

弘大入口站 |
홍대입구역
空.爹.葉.姑.york
hong.dae.ip.kku.yeok

清平站 | 청평역
倉.(pee-yawn).york
cheong.pyeong.nyeok

春川站 | 춘천역
春.(初-安).york
chun.cheon.nyeok

惠化站 | 혜화역
hair.(who-哇).york
hye.hwa.yeok

清涼里站 |
청량리역
倉.(knee-young).knee.york
cheong.nyang.ni.yeok

替換句

2

要在哪裏換乘 4 號線呢？

4 호선 〈은/는〉* 어디에서 갈아타야 해요 ?

【沙.呵.sean.〈un/noon〉* / 哦.哟.air.梳/
卡.啦.他.也/ hair.唷】

sa.ho.seon.〈eun/neun〉* / eo.di.e.seo/
ga.ra.ta.ya/ hae.yo

替換：只要把黃色部分代入【地鐵路線】就可以了！
*〈은/는〉 是助詞，於口語中可以省略，發音較困難的話可以不用說。

替換詞彙【首都圈地鐵線路】

1 號線 | 일호선
ill.ho.sean
il.ho.seon

2 號線 | 이호선
易.呵.sean
i.ho.seon

3 號線 | 삼호선
三.呵.sean
sam.ho.seon

4 號線 | 사호선
沙.呵.sean
sa.ho.seon

5 號線 | 오호선
餓.呵.sean
o.ho.seon

6 號線 | 육호선
you.call.sean
yu.ko.seon

7 號線 | 칠호선
痴.raw.sean
chil.ho.seon

8 號線 | 팔호선
趴.raw.sean
pal.ho.seon

9 號線 | 구호선
cool.呵.sean
gu.ho.seon

仁川 1 號線 | 인천일호선
in.初.knee.raw.sean
in.cheo.nil.ho.seon

機場鐵路 | 공항철도
窮.坑.(初-ol).door
gong.hang.cheol.do

水仁線 | 수인선
sue.in.sean
su.in.seon

盆唐線 | 분당선
盆.燈.sean
bun.dang.seon

新盆唐線 | 신분당선
先.盆.燈.sean
sin.bun.dang.seon

京義中央線 | 경의중앙선
(key-yawn).易.中.嚳.sean
gyeong.i.jung.ang.seon

愛寶線 | 에버라인
air.播.啦.in
e.beo.ra.in

議政府輕軌 | 의정부경전철
(er-姨).撞.bull.
(key-yawn).john.(初-ol)
ui.jeong.bu.
gyeong.jeon.cheol

京春線 | 경춘선
(key-yawn).春.sean
gyeong.chun.seon

知多點

在韓國搭地鐵十分方便，幾乎可以走遍首爾及京畿道，指示清楚又有中文，對自由行的旅客來說是很便利的交通工具。可是，畢竟地方比較大，如果要轉線的話，都需要走一段路或上下樓梯，不像香港往對面走就到。所以搭地鐵遇到要轉線，要記得把走路的時間預計在內，避免遲到。

還有，很重要的是，要看清楚方向，別入錯閘搭錯方向或搭錯路線，盡量別坐過頭，因為大部分的月台都是分開的，都不能直接往對面或在閘內走到對面的方向，而是要走到閘口處出閘才可以走到對面月台。如果在五分鐘內在同一個站入閘和出閘的話是不會扣錢的，可是如果是過了站，出閘過對面月台就要收費。那就要用另一個方法，大部份站的閘口都會有一個大的閘口，除了是方便行李大的乘客之外，那邊有一個求救鈴，按鈴跟職員說走錯方向了，職員就會開門給你過。可是也有一些站是沒有職員駐守，那就要付費出閘了！

交通

5.5 搭巴士
버스 타기

（在機場巴士站售票處）

慳姑 ： **請問機場巴士在這裏乘搭嗎？** ❶
한구 ： 공항버스를 여기서 타요 ?
窮.坑.bus.rule/ yaw.gi.梳/ 他.唷
gong.hang.beo.seu.reul/ yeo.gi.seo/ ta.yo

職員 ： **是，對的。**
직원 ： 네 , 맞습니다 .
呢/ 勿.sym.knee.打
ne/ mat.sseum.ni.da

慳姑 ： **去 Western Co-op Residence 的巴士是幾號？** ❷
한구 ： 웨스턴코업레지던스에 가는 버스가 몇 번이에요 ?
west.ton.co.op.哩.之.don.是.air/ 卡.noon/ bus.加/
(咪-odd)/ bonnie.夜.唷
we.seu.teon.ko.eop.re.ji.deon.seu.e/ ga.neun/ beo.seu.ga/ myeot/ ppeo.ni.e.yo

職員 ： 是 6001 巴士。
직원： 6001 번 버스입니다 .
肉.(初-安).ill/ bon/ bus.炎.knee.打
yuk.cheo.nil/ beon/ beo.seu.im.ni.da

慳姑 ： 從這裏到酒店大約要多少時間呢？
한구： 여기에서 호텔까지 시간이 얼마나 걸려요 ？
yaw.gi.air.梳/ 呵.tell.家.之/ 思.家.knee/ ol.媽.哪/ call.(lee-all).唷
yeo.gi.e.seo/ ho.tel.kka.ji/ si.ga.ni/ eol.ma.na/ geol.lyeo.yo

職員 ： 約 90 分鐘左右。
직원： 90 분쯤 걸립니다 .
cool.涉/ 搬.占/ call.殮.knee.打
gu.sip/ ppun.jjeum/ geol.lim.ni.da

慳姑 ： 那麼，請給我兩張票！多少錢？
한구： 그럼 표 2 장 주세요 . 얼마예요 ？
cool.rom/ (pee-哦)/ to/ 爭 / choo.些.唷 / ol.媽.夜.唷
geu.reom/ pyo/ du/ jang/ ju.se.yo/ eol.ma.ye.yo

職員 ： 一共是二萬八千韓圜。
직원： 모두 28,000 원입니다 .
磨.do/ 易.萬 / 批.初 / won.炎.knee.打
mo.du/ i.man/ pal.cheo/ nwon.im.ni.da

慳姑 ： 好，這就是。
한구： 네 , 여기 있습니다 .
呢/ yaw.gi/ it.sym.knee.打
ne/ yeo.gi/ it.sseum.ni.da

職員 ： 請在 6A 出口那邊上車。再見！
직원： 저기 6A 승차장에서 타세요 . 안녕히 가세요 .
挫.gi/ 郁.A.送.差.爭.air.梳/ 他.些.唷 / 晏.(knee-yawn).嘻/ 卡.些.唷
jeo.gi/ yuk.e.i.seung.cha.jang.e.seo/ ta.se.yo/ an.nyeong.hi/ ga.se.yo

替換句

①

請問機場巴士在這裏乘搭嗎？

공항버스〈을/를〉* 여기서 타요 ?

【窮.坑.bus.<ul/rule>*/ yaw.gi.梳/ 他.唷】

gong.hang.beo.seu.<eul/reul>*/ yeo.gi.seo/ ta.yo

替換：只要把黃色部分代入交通工具就可以了！請參考〈5.1 交通工具總類〉。
*〈을/를〉是助詞，於口語中可以省略，發音較困難的話可以不用説。

替換句

②

去 Western Co-op Residence 的巴士是幾號？

웨스턴코업레지던스에 가는 버스가 몇 번이에요 ?

【west.ton.co.op.哩.之.don.是.air/ 卡.noon/ bus.加/
(咪-odd)/ bonnie.夜.唷】

we.seu.teon.ko.eop.re.ji.deon.seu.e/ ga.neun/
beo.seu.ga/ myeot/ ppeo.ni.e.yo

替換：只要把黃色部分代入您要去的酒店或其他地方就可以了！

5.6 搭的士
택시 타기

（上車前）

慳姑 : 大叔，我的行李有點大，可以請您開一下行李箱嗎？
한구: 아저씨 , 짐이 좀 큰데 트렁크 좀 열어 주세요 .

亞.座.思/ 似.咪/ joom/ 昆.dare/ too.long.cool/ joom/ yaw.raw/ choo.些.唷

a.jeo.ssi/ ji.mi/ jom/ keun.de/ teu.reong.keu/ jom/ yeo.reo/ ju.se.yo

司機 : 是，打開了。要幫您搬行李到行李箱嗎？
기사: 네 , 열었습니다 . 짐을 실어 드릴까요 ？

呢/ your.rod.sym.knee.打/ 似/mool/ 思.raw/ too.reel.家.唷

ne/ yeo.reot.sseum.ni.da/ ji.meul/ si.reo/ deu.ril.kka.yo

慳姑 : 是，拜託您了！
한구: 네 , 부탁합니다 .

呢/ poo.他.襟.knee.打

ne/ bu.ta.kam.ni.da

71

（上車時）

司機　：快上車吧！您要去哪裏？
기사：어서 타세요 . 어디로 가세요 ?
餓.梳/ 他.些/ 唷/　哦.啲.raw/ 卡.些.唷
eo.seo/ ta.se.yo/　eo.di.ro/ ga.se.yo

慳姑　：請到東大門去。①
한구：동대문에 가 주세요 .
同.爹.門.呢/ 卡/ choo.些.唷
dong.dae.mu.ne/ ga/ ju.se.yo

司機　：東大門哪裏呢？
기사：동대문 어디요 ?
同.爹.門/ 餓.啲.唷
dong.dae.mun/ eo.di.yo

慳姑　：到 Western Co-op Residence
한구：웨스턴코업레지던스요 .
west.ton.co.op.哩.之.don.sue.唷
we.seu.teon.ko.op.re.ji.deon.seu.yo

請去這個地址。
이 주소로 가 주세요 .
易/ choo.saw.raw/ 卡/ choo.些.唷
i/ ju.so.ro/ ga/ ju.se.yo

司機　：是，好的。
기사：네 , 알겠습니다 .
呢/　嗌.get.sym.knee.打
ne/　al.get.sseum.ni.da

（行駛一段時間後）

慳姑 ： 大叔，請在那間便利店前面停車。[2]
한구： 아저씨 , 저기 편의점 앞에서 세워 주세요 .
亞.座.思/ 挫.gi/ (pee-all).knee.jom/ 亞.pair.梳/
些.鍋/ choo.些.唷
a.jeo.ssi/ jeo.gi/ pyeo.ni.jeom/ a.pe.seo/ se.wo/ ju.se.yo

司機 ： 是，好的。
기사： 네 , 알겠습니다 .
呢/ 嗌.get.sym.knee.打
ne/ al.get.sseum.ni.da

慳姑 ： 多少錢？
한구： 얼마예요 ?
ol.罵.夜.唷
eol.ma.ye.yo

司機 ： 一萬二千韓圜。
기사： 12,000 원입니다 .
萬/ 易.初/ non.炎.knee.打
ma/ ni.cheo/ nwon.im.ni.da

慳姑 ： 這是車費，辛苦您了。
한구： 돈 여기요 . 수고하셨어요 .
盾/ your.gi/唷/ sue.個.哈.shot.傻.唷
don/ yeo.gi.yo/ su.go.ha.syeot.sseo.yo

司機 ： 謝謝！再見！
기사： 감사합니다 . 안녕히 가세요 .
琴.沙.堪.knee.打/ 晏.(knee-yawn).嘻/ 卡.些.唷
gam.sa.ham.ni.da/ an.nyeong.hi/ ga.se.yo

替換句

①

請到東大門去。

동대문에 가 주세요.

【同.爹.門.air/ 卡/ choo.些.唷】

dong.dae.mun.e/ ga/ ju.se.yo

替換：只要把黃色部分代入您想去的酒店或景點就可以了！

替換詞彙【首爾及京畿道主要景點】

小法國村 | 쁘띠프랑스
bull.啲.poll.冷.sue
ppeu.tti.peu.rang.seu

南大門市場 | 남대문시장
南.爹.門.思.贈
nam.dae.mun.si.jang

N 首爾塔 | N 서울타워
N.梳.ul.他.喎
n.seo.ul.ta.wo

光化門 | 광화문
逛.(who-哇).門
gwang.hwa.mun

仁寺洞 | 인사동
in.沙.洞
in.sa.dong

北村韓屋村 | 북촌한옥마을
poke.春.哈.known.罵ul
buk.chon.ha.nong.ma.eul

三清洞 | 삼청동
三.倉.洞
sam.cheong.dong

新沙洞林蔭道 | 신사동 가로수길
先.沙.洞/ 卡.raw.sue.gill
sin.sa.dong/ ga.ro.su.gil

樂天世界 | 롯데월드
rod.爹.wall.the
rot.tte.wol.tteu

清溪川 | 청계천
倉.嘅.(初-安)
cheong.gye.cheon

汝矣島漢江公園 | 여의도한강공원
yaw.易.door.慳.奸.共.won
yeo.i.do.han.gang.gong.won

廣藏市場 | 광장시장
逛.爭.思.贈
gwang.jang.si.jang

鷺梁津水產市場 | 노량진수산시장
挪.(lee-罷).箭.sue.山.思.贈
no.ryang.jin.su.san.si.jang

梨花壁畫村 | 이화벽화마을
易.(who-哇).(pee-all).誇.罵ul
i.hwa.byeo.kwa.ma.eul

盤浦大橋月光彩虹噴泉 | 반포대교 달빛무지개분수
盼.頗.爹.girl/ 提.必.moo.之.嘅.半.sue
ban.po.dae.gyo/ dal.bit.mu.ji.gae.bun.su

陽智松林度假村｜
양지파인리조트
young.之.趴.in.lee.左.too
yang.ji.pa.in.ri.jo.teu

Heyri 藝術村｜
헤이리예술마을
hey.lee.夜.sul.罵.ul
he.i.ri.ye.sul.ma.eul

普羅旺斯村｜
프로방스마을
pool.raw.崩.sue.罵.ul
peu.ro.bang.seu.ma.eul

坡州英語村｜
파주영어마을
趴.joo.yawn.all.罵.ul
pa.ju.yeong.eo.ma.eul

愛寶樂園｜에버랜드
air.波.lender
e.beo.raen.deu

水原華城｜수원화성
sue.won.(who-哇).song
su.won.hwa.seong

韓國民俗村｜
한국민속촌
慳.公.面.叔.春
han.gung.min.sok.chon

一山湖水公園｜
일산호수공원
ill.山.呵.sue.共.won
il.san.ho.su.gong.won

首爾大公園｜
서울대공원
梳.ul.爹.共.won
seo.ul.dae.gong.won

晨靜樹木園｜
아침고요수목원
亞.簽.個.唷.
sue.mall.(過-安)
a.chim.go.yo.su.mo.gwon

利川溫泉樂園｜
이천테르메덴
易.(初-安).
tare.rule.咩.dan
i.cheon.te.reu.me.den

替換句

②

大叔，請在那間便利店前面停車。

아저씨 , 저기 편의점 앞에서 세워 주세요 .

【亞.座.思/ 挫.gi/ (pee-all).knee.jom/ up.air.梳/ 些.鍋/ choo.些.唷】

a.jeo.ssi/ jeo.gi/ pyeo.ni.jeom/ ap.e.seo/ se.wo/ ju.se.yo

替換：只要把黃色部分代入【街道地標】或想停車的地方就可以了！
藍色部分代入【位置】。

替換詞彙【街道地標】

紅綠燈 | 신호등
先.呵.燈
sin.ho.deung

斑馬線 | 횡단보도
(who-where-嗯).但.播.door
hoeng.dan.bo.do

轉角 | 코너
corn.nor
ko.neo

橋 | 다리
他.lee
da.ri

十字路口 | 사거리
沙.哥.lee
sa.geo.ri

行人天橋 | 육교
肉.girl
yuk.kkyo

銀行 | 은행
oon.輕
eun.haeng

藥房 | 약국
yark.谷
yak.kkuk

市場 | 시장
思.贈
si.jang

便利店 | 편의점
(pee-yaw).knee.jom
pyeo.ni.jeom

百貨公司 | 백화점
pair.誇.jom
bae.kwa.jeom

公園 | 공원
窮.won
gong.won

戲院 | 극장
cook.爭
geuk.jjang

學校 | 학교
黑.girl
hak.kkyo

醫院 | 병원
(pee-yawn).won
byeong.won

替換詞彙【位置】

前 ┃ 앞 鴨 ap	後 ┃ 뒤 (to-we) dwi	上 ┃ 위 we wi
下 ┃ 아래 / 밑 亞.哩 / 滅 a.rae / mit	旁邊 ┃ 옆 (唷-op) yeop	入面 ┃ 안 晏 an
外面 ┃ 밖 拍 bak	中間 ┃ 가운데 卡.oon.dare ga.un.de	左邊 ┃ 왼쪽 when.粥 oen.jjok
右邊 ┃ 오른쪽 餓.ruin.粥 o.reun.jjok	這裏 （離説話者很近）┃ 여기 yaw.gi yeo.gi	那裏 （離聽話者很近， 或是此前已經指定的地點）┃ 거기 call.gi geo.gi
那裏 （離説話者和聽話 者都很遠）┃ 저기 錯.gi jeo.gi		

住宿

第6課

6.1 在酒店 Check-in 時
호텔에서 체크인을 할 때

職員 ： 歡迎光臨，請問有預約嗎？
직원 ： 어서 오세요 . 예약하셨습니까 ?

哦.梳/ 哦.些.唷/ 夜.也.卡.shot.sym.knee.家
eo.seo/ o.se.yo/ ye.ya.ka.syeot.sseum.ni.kka

慳姑 ： 是，預約了。這是我的預約確認書。[1]
한구 ： 네 , 예약했어요 . 여기 제 예약확인서입니다 .

呢/ 夜.也.茄.梳.唷/ yaw.gi/ 斜/ 夜.也.誇.見.梳.炎.knee.打
ne/ ye.ya.kae.sseo.yo/ yeo.gi/ je/ ye.ya.kwa.gin.seo.im.ni.da

職員 ： 是，幫您確認一下，
請問閣下貴姓？
직원 ： 네, 확인해 드리겠습니다 .
성함이 어떻게 되세요 ?
呢/ (who-哇).見.hair/ to.lee.get.sym.knee.打/
桑.哈.咪/ 哦.多.茄/ (to-where).些.唷
ne/ hwa.gin.hae/ deu.ri.get.sseum.ni.da/
seong.ha.mi/ eo.tteo.ke/ doe.se.yo

慳姑 ： 慳姑。
한구 ： 한구요 .
慳.姑.唷
han.gu.yo

職員 ： 請等一下。
직원 ： 잠시만 기다리세요 .
尋.思.慢/ key.打.lee.些.唷
jam.si.man/ gi.da.ri.se.yo

您預約了一間（二床）雙人房，對吧？
트윈 룸 하나 예약하셨죠 ?
too.win/ room/ 哈.娜/ 夜.也.卡.shot.助
teu.win/ rum/ ha.na/ ye.ya.ka.syeot.jyo

慳姑 ： 是，對的。
한구 ： 네 , 맞아요 .
呢/ 麻.炸.唷
ne/ ma.ja.yo

職員 ： 請給我您的護照。
직원 ： 여권 좀 주세요 .
yaw.(過-安)/ joom/ choo.些.唷
yeo.kkwon/ jom/ ju.se.yo

慳姑 ： 是，這就是。
한구 ： 네 , 여기요 .
呢/ yaw.gi.唷
ne/ yeo.gi.yo

職員 ： 費用是十四萬韓圜，您要如何付款呢？
직원 ： 요금은 14 만 원입니다 .
어떻게 결제해 드릴까요 ?
唷.姑.moon/ 涉.沙.萬/ won.炎.knee.打/
哦.多.茄/ girl.姐.hair/ to.real.加.唷
yo.geu.meun/ sip.ssa.man/ won.im.ni.da
eo.tteo.ke/ gyeol.jje.hae/ deu.ril.kka.yo

慳姑 ： 我付現金。②
한구 ： 현금으로 할게요 .
(嘻-安).姑.moo.raw/ hal.嘅.唷
hyeon.geu.meu.ro/ hal.kke.yo

職員 ： 您的房間是 304 號室，這是鑰匙。
직원 ： 객실은 304 호입니다 . 키는 여기 있습니다 .
劇.思.ruin/ 三.bag.沙.呵.炎.knee.打/ key.noon/ yaw.gi/ it.sym.knee.打
gaek.ssi.reun/ sam.baek.ssa.ho.im.ni.da/ ki.neun/ yeo.gi/ it.sseum.ni.da

慳姑 ： 什麼時候要退房呢？
한구 ： 체크아웃은 언제까지 해야 해요 ?
車.cool.亞.嗚.soon/ 按.姐.加.之/ hair.也/ hair.唷
che.keu.a.u.seun/ eon.je.kka.ji/ hae.ya/ hae.yo

職員 ： 後天 12 時前退房就可以了。
직원 ： 모레 12 시까지 하시면 됩니다 .
磨.哩/ yol.do/ 思.加.之/ 哈.思.(咪-安)/ (to-wam).knee.打
mo.re/ yeol.ttu/ si.kka.ji/ ha.si.myeon/ doem.ni.da

慳姑 ： 退房後可以把行李寄放在這裏嗎？
한구 ： 체크아웃 후에 짐을 맡겨도 되나요 ?
車.cool.亞.嗚/ too.air/ 似.mool/ 襪.(gi-yaw).多/ (to-where).拿.唷
che.keu.a.u/ tu.e/ ji.meul/ mat.kkyeo.do/ doe.na.yo

職員 ： 是，可以的。到時候跟我們説一下就好。

직원 ： 네 , 가능합니다 . 그때 저희한테 알려 주시면 됩니다 .

呢/　卡.known.堪.knee.打/　cool.爹/ 錯.嘻.慳.tare/ 嗌.(lee-all)/
choo.思.(咪.安)/ (to-wam).knee.打

ne/　ga.neung.ham.ni.da/　geu.tte/ jeo.hi.han.te/ al.lyeo/ ju.si.myeon/ doem.ni.da

慳姑 ： 明白了，謝謝。

한구 ： 알겠습니다 . 감사합니다 .

嗌.get.sym.knee.打/　琴.沙.堪.knee.打

al.get.sseum.ni.da/ gam.sa.ham.ni.da

替換句

(1)

這是我的預約確認書。

여기 제 예약확인서입니다 .

【yaw.gi/ 斜/ 夜.也.誇.見.梳.炎.knee.打】

yeo.gi/ je/ ye.ya.kwa.gin.seo.im.ni.da

替換：只要把黃色部分代入【預約相關詞】就可以了！

替換詞彙【預約相關詞】

預約確認書	예약확인서	預約號碼	예약번호	護照	여권
夜.也.誇.見.梳	夜.yark.波.挪	yaw.(過-安)
ye.ya.kwa.gin.seo	ye.yak.ppeon.ho	yeo.kkwon
行李	짐	信用卡	신용카드	電話號碼	전화번호
潛	先.用.carder	錯.那.播.挪
jim	sin.yong.ka.deu	jeon.hwa.beon.ho

예약확인서

替換句

2

我用現金（付款）。

현금으로 할게요.

【(嘻-安).姑.moo.raw/ hal.嘅.唷】

hyeon.geu.meu.ro/ hal.kke.yo

替換：只要把黃色部分代入【付款方式】就可以了！

替換詞彙【付款方式】

用信用卡 |
신용카드로
先.用.carder.raw
sin.yong.ka.deu.ro

用現金卡 |
현금카드로
(嘻-安).goom.carder.raw
hyeon.geum.ka.deu.ro

用現金 | 현금으로
(嘻-安).姑.moo.raw
hyeon.geu.meu.ro

知多點

韓國人喜歡用卡付款，多用現金卡或信用卡方式，但通常都簡稱「카드로 할게요」，不註明是什麼卡。另外，有很多店舖用現金付款會較便宜啊！

6.2 要求房間服務時
서비스를 요구할 때

（需要多拿東西時）

慳姑 ： 不好意思，請問可以給我枕頭嗎？ [1]
한구： 죄송하지만, 베개 좀 주시겠어요 ?
斜.送.哈.之.萬/ pair.嘅/ joom/ choo.思.嘅.梳.唷
joe.song.ha.ji.man/ be.gae/ jom/ ju.si.ge.sseo.yo

職員 ： 是，您要幾個枕頭呢？
직원： 네 , 베개 몇 개 드릴까요 ?
呢/ pair.嘅/ (咪-odd)/ 嘅/ to.real.加.唷
ne/ be.gae/ myeot/ kkae/ deu.ril.kka.yo

慳姑 ： 請給我一個。還有，請多給我一張棉被。
한구： 한 개 주세요 . 그리고 이불도 하나 더 주세요 .
慳/ 嘅/ choo.些.唷 cool.lee.個/ 易.bull.多/ 哈.娜/ 妥/ choo.些.唷
han/ gae/ ju.se.yo/ geu.ri.go/ i.bul.tto/ ha.na/ deo/ ju.se.yo

85

職員 ： 是，立即拿給您，請稍等一下。
직원： 네 , 바로 갖다 드리겠습니다 .
　　　 잠시만 기다려 주십시오 !

呢/　怕.raw/ 咳.打/ to.lee.get.sym.knee.打/
尋.思.慢/ key.打.(lee-all)/ choo.涉.思.哦
ne/　ba.ro/ gat.tta/ deu.ri.get.sseum.ni.da/
jam.si.man/ gi.da.ryeo/ ju.sip.ssi.o

（東西用盡時）

慳姑 ： 沒有廁紙了。❷
한구： 화장실 휴지가 없어요 .

(who-哇).爭.seal/ (嘻-you).志.嫁/ op.梳.唷
hwa.jang.sil/ hyu.ji.ga/ eop.sseo.yo

職員 ： 是，立即拿給您。
직원： 네 , 바로 갖다 드리겠습니다 .

呢/　怕.raw/ 咳.打/ to.lee.get.sym.knee.打
ne/　ba.ro/ gat.tta/ deu.ri.get.sseum.ni.da

（要求幫忙叫的士時）

慳姑 ： 可以幫我叫的士嗎？
한구： 택시 좀 불러 주시겠어요 ?

踢.思/ joom/ bull.囉/ choo.思.嘅.梳.唷
taek.ssi/ jom/ bul.leo/ ju.si.ge.sseo.yo

職員 ： 是，需要什麼時候用的？
직원： 네 , 언제 필요하십니까 ?

呢/　按.姐/ pee.(lee-all).哈.seem.knee.加
ne/　eon.je/ pi.ryo.ha.sim.ni.kka

慳姑 ： 明天早上 9 時 30 分。③
한구： 내일 아침 9 시 30 분요 .
呢.ill/ 亞.簽/ 亞.hope/ 思/ 三.涉/ 搬.唷
nae.il/ a.chim/ a.hop/ ssi/ sam.sip/ ppun.nyo

職員 ： 要去哪裏呢？
직원： 어디로 가실 겁니까 ？
哦.哟.raw/ 卡.seal/ gom.knee.加
eo.di.ro/ ga.sil/ kkeom.ni.kka

慳姑 ： 金浦機場。請替我問一下車費大約多少錢。
한구： 김포공항요 .
택시비가 얼마나 나올지 물어봐 주세요 .
鉗.棵.共.坑.唷/
踢.思.bee.加/ ol.媽.娜/ 拿.old.之/ moo.raw.怕/ choo.些.唷
gim.po.gong.hang.nyo/
taek.ssi.bi.ga/ eol.ma.na/ na.ol.jji/ mu.reo.bwa/ ju.se.yo

職員 ： 是，知道了。
직원： 네 , 알겠습니다 .
呢/ 嗌.get.sym.knee.打
ne/ al.get.sseum.ni.da

替換句

①

請問可以給我枕頭嗎？

베개 좀 주시겠어요 ？

【pair.嘅/ joom/ choo.思.嘅.梳.唷】

be.gae/ jom/ ju.si.ge.sseo.yo

替換：只要把黃色部分代入【酒店房間物品】或你想要的東西就可以了！

替換句
②

沒有廁紙了。

화장실 휴지 <이/가>* 없어요 .

【(who-哇).爭.seal/ (嘻-you).志.<易/嫁>*/ op.梳.唷】

hwa.jang.sil/ hyu.ji.<i/ga>*/ eop.sseo.yo

替換：只要把黃色部分代入【酒店房間物品】或已用完或沒有的東西就可以了！
*<이/가>是助詞，於口語中可以省略，發音較困難的話可以不用説。

替換詞彙【酒店設施及房間物品】

棉被 | 이불 易.bull i.bul	枕頭 | 베개 pair.嘅 be.gae	拖鞋 | 슬리퍼 sue.lee.paul seul.li.peo
洗髮水 | 샴푸 蔘.pool syam.pu	護髮素 | 린스 連.sue rin.seu	沐浴露 | 바디샴푸 怕.啲.蔘.pool ba.di.syam.pu
牙膏 | 치약 痴.yark chi.yak	牙刷 | 칫솔 切.soul chit.ssol	毛巾 | 수건 sue.干 su.geon
紙巾 | 휴지 (嘻-you).志 hyu.ji	加濕器 | 가습기 卡.soup.gi ga.seup.kki	暖爐 | 히터 嘻.拖 hi.teo
雪櫃 | 냉장고 neng.爭.個 naeng.jang.go	電視機 | 텔레비전 / 티비 tel.哩.bee.john / tea.bee tel.le.bi.jeon / ti.bi	冷氣機 | 에어컨 air.all.corn e.eo.keon

風筒 | 헤어드라이어
hair.all.the.lie.all
he.eo.deu.ra.i.eo

熨斗 | 다리미
他.lee.咪
da.ri.mi

電水壺 | 전기포트
(錯-安).gi.porter
jeon.gi.po.teu

杯 | 컵
corp
keop

電源轉接插頭 |
플러그 어댑터
pool.logger/ 哦.dap.拖
peul.leo.geu/ eo.daep.teo

電話 | 전화기
(錯-安).(who-哇).gi
jeon.hwa.gi

浴缸 | 욕조
肉.jaw
yok.jjo

馬桶 | 변기
(pee-安).gi
byeon.gi

鏡 | 거울
call.ul
geo.ul

床 | 침대
簽.dare
chim.dae

床單 | 침대커버
簽.dare.call.播
chim.dae.keo.beo

衣櫃 | 옷장
wood.增
ot.jjang

衣架 | 옷걸이
wood.哥.lee
ot.kkeo.ri

替換句

3

明天早上 9 時 30 分。

내일 아침 9 시 30 분요 .

【呢.ill/ 亞.簽/ 亞.hope/ 思/ 三.涉/ 搬.唷】

nae.il/ a.chim/ a.hop/ ssi/ sam.sip/ ppun.nyo

替換：只要把黃色部分代入【時間 1】、綠色部分代入【時間 2】、
藍色部分代入【時間 3】、粉紅色部分代入【時間 4】就可以了！

89

替換詞彙【時間 1】

前日｜그저께
cool.座.嘅
geu.jeo.kke

昨日｜어제
all.姐
eo.je

今日｜오늘
哦.nool
o.neul

明日｜내일
呢.ill
nae.il

後日｜모레
磨.哩
mo.re

即日｜당일
tounge.ill
dang.il

上星期｜지난주
似.難.jew
ji.nan.ju

上個月｜지난달
似.難.dal
ji.nan.dal

三天前｜삼 일 전
沙/ meal/ john
sa/ mil/ jjeon

四天前｜사 일 전
沙/ ill/ john
sa/ il/ jjeon

五天前｜오 일 전
哦/ ill/ john
o/ il/ jjeon

六天前｜육 일 전
yu/ gil/ john
yu/ gil/ jjeon

一星期前｜
일주일 전
ill.jew.ill/ john
il.jju.il/ jjeon

替換詞彙【時間 2】

早上｜아침
亞.簽
a.chim

上午｜오전
哦.john
o.jeon

中午｜점심
chomp.seem
jeom.sim

下午｜오후
哦.who
o.hu

晚上｜저녁
挫.(knee-york)
jeo.nyeok

凌晨｜새벽
些.(bee-york)
sae.byeok

替換詞彙【時間 3】

1 時	한 시 慳/ 是 han/ si	2 時	두 시 to/ 是 du/ si	3 時	세 시 些/ 是 se/ si
4 時	네 시 呢/ 是 ne/ si	5 時	다섯 시 他.shot/ 思 da.seot/ ssi	6 時	여섯 시 your.shot/ 思 yeo.seot/ ssi
7 時	일곱 시 ill.goop/ 思 il.gop/ ssi	8 時	여덟 시 your.doll/ 思 yeo.deol/ ssi	9 時	아홉 시 亞.hope/ 思 a.hop/ ssi
10 時	열 시 yol/ 思 yeol/ ssi	11 時	열한 시 your.爛/ 是 yeol.han/ si	12 時	열두 시 yol.do/ 是 yeol.ttu/ si

替換詞彙【時間 4】

1 分	일 분 ill/ 半 il/ bun	2 分	이 분 易/ 半 i/ bun	3 分	삼 분 三/ 半 sam/ bun
4 分	사 분 沙/ 半 sa/ bun	5 分	오 분 哦/ 半 o/ bun	6 分	육 분 肉/ 搬 yuk/ ppun
7 分	칠 분 chill/ 半 chil/ bun	8 分	팔 분 pal/ 半 pal/ bun	9 分	구 분 cool/ 半 gu/ bun

10 分｜십 분	11 分｜십일 분	12 分｜십이 분
涉/ 搬	思.bill/ 半	思.bee/ 半
sip/ ppun	si.bil/ bun	si.bi/ bun

13 分｜십삼 분	14 分｜십사 분	15 分｜십오 분
涉.三/ 半	涉.沙/ 半	思.波/ 半
sip.ssam/ bun	sip.ssa/ bun	si.bo/ bun

16 分｜십육 분	17 分｜십칠 분	18 分｜십팔 분
seem.(knee-肉)/ 搬	涉.chill/ 半	涉.pal/ 半
sim.nyuk/ ppun	sip.chil/ bun	sip.pal/ bun

19 分｜십구 분	20 分｜이십 분	30 分｜삼십 분
涉.姑/ 半	易.涉/ 搬	三.涉/ 搬
sip.kku/ bun	i.sip/ ppun	sam.sip/ ppun

40 分｜사십 분	50 分｜오십 분
沙.涉/ 搬	哦.涉/ 搬
sa.sip/ ppun	o.sip/ ppun

知多點

本書第40頁介紹了韓文有「漢字數字」和「純韓文數字」兩種數字系統，一般都會因應情況用其中一種，但是説時間的時候就例外，兩種數字系統會同時並用。時間會用「純韓文數字」，分鐘則用「漢字數字」表示。

＜純韓文數字＞		＜漢字數字＞	
3	**時**	**30**	**分**
세	시	삼십	분
些	思	三.涉	搬
se	si	sam.sip	ppun

備註：請延伸參考本書第 40 頁關於數字的説明。

6.3 酒店房間類型
호텔 방의 종류

詞彙【住宿類型】

酒店（Hotel）｜
호텔
呵.tell
ho.tel

韓屋｜한옥
哈.node
ha.nok

度假村（Resort）｜
리조트
lee.助.to
ri.jo.teu

旅舍（Hostel）｜
호스텔
呵.sue.tell
ho.seu.tel

民宿｜민박
面.白
min.bak

公寓（Pension）｜
펜션
pen.(思-安)
pen.syeon

汽車旅館（Motel）｜
모텔
麼.tell
mo.tel

公寓（Condominium）｜
콘도
corn.door
kon.do

詞彙【房間類型】

兩床雙人房（Twin
Room）｜트윈룸
to.win.room
teu.win.rum

大床雙人房（Double
Room）｜더블룸
妥.bull.room
deo.beul.rum

單人房（Single Room）｜
싱글룸
升.gool.room
sing.geul.rum

三人房（Triple
Room）｜트리플룸
to.lee.pool.room
teu.ri.peul.rum

套房（Suite Room）｜
스위트룸
sue.wi.to.room
seu.wi.teu.rum

家庭房（Family
Room）｜패밀리룸
pair.meal.lee.room
pae.mil.li.rum

地暖房｜온돌방
按.doll.崩
on.dol.bang

頂層豪華公寓（Penthouse）｜
펜트하우스
pen.to.house
pen.teu.ha.u.seu

93

購物

第  7 課

7.1 買東西
물건을 사기

職員 ： 歡迎光臨，您要找什麼嗎？
직원 ： 어서 오세요 . 무엇을 찾으세요 ?

哦.梳/ 哦.些.唷/ moo.哦.sool/ 差.jew.些.唷
eo.seo/ o.se.yo/ mu.eo.seul/ cha.jeu.se.yo

慳姑 ： 我想買外套。❶
한구 ： 코트를 사고 싶어요 .

call.too.rule/ 沙.個/ 是.破.唷
ko.teu.reul/ sa.go/ si.peo.yo

職員 ： 這件如何？這是最近的人氣商品。
직원： 이건 어떠세요 ?
　　　요즘 인기 많은 상품이에요 .
易.幹/ 哦.多.些.唷/
唷.joom/ in.gi/ 麻.noon/ 生.pool.咪.air.唷
i.geon/ eo.tteo.se.yo/
yo.jeum/ in.kki/ ma.neun/ sang.pu.mi.e.yo

慳姑 ： 是嗎？可以試穿一下嗎？❷
한구： 그래요 ? 한번 입어 봐도 돼요 ?
cool.哩.唷/　慳.bond/ 易.播/ 怕.多/ (to-where).唷
geu.rae.yo/ han.beon/ i.beo/ bwa.do/ dwae.yo

職員 ： 是，請試。
직원： 네 , 그러세요 .
呢/　cool.哩.些.唷
ne/　geu.reo.se.yo

慳姑 ： 尺碼有點大。有小一點的嗎？
한구： 사이즈가 좀 커요 .
　　　더 작은 사이즈가 있나요 ?
沙.易.jew.嫁/ joom/ call.唷/
妥/ 查.官/ 沙.易.jew.嫁/ in.拿.唷
sa.i.jeu.ga/ jom/ keo.yo/
deo/ ja.geun/ sa.i.jeu.ga/ in.na.yo

職員 ： 是，這是小號。請試穿看看。
직원： 네 , 이건 스몰 사이즈예요 . 입어 보세요 .
呢/　易.幹/ small/ 沙.易.jew.夜.唷/　易.播/ 破.些.唷
ne/　i.geon/ seu.mol/ sa.i.jeu.ye.yo/ i.beo/ bo.se.yo

慳姑 ： 這個尺碼合適，但是沒有其他顏色嗎？❸
한구： 이 사이즈는 맞아요 . 근데 다른 색이 없나요 ?
易/ 沙.易.jew.noon/ 罵.炸.唷/　koon.爹/ 他.ruin/ 些.gi/ om.拿.唷
i/ sa.i.jeu.neun/ ma.ja.yo/　geun.de/ da.reun/ sae.gi/ eom.na.yo

97

職員 ： 是，有黑色和白色。
직원 : 네 , 검은색하고 하얀색도 있어요 .
呢/ call.moon.些.卡.個/ 哈.因.石.多/ 易.梳.唷
ne/ geo.meun.sae.ka.go/ ha.yan.saek.tto/ i.sseo.yo

慳姑 ： 我喜歡黑色。請給我新的。
한구 : 저는 검은색이 좋아요 . 새 것으로 주세요 .
錯.noon/ call.moon.些.gi/ 曹.亞.唷/ 些/ call.sue.raw/ choo.些.唷
jeo.neun/ geo.meun.sae.gi/ jo.a.yo/ sae/ geo.seu.ro/ ju.se.yo

職員 ： 是，有的。請稍等。
직원 : 네 , 있어요 . 잠시만 기다려 주세요 .
呢/ 易.梳.唷/ 尋.思.慢/ key.打.(lee-all)/ choo.些.唷
ne/ i.sseo.yo/ jam.si.man/ gi.da.ryeo/ ju.se.yo

替換句

1

我想買外套。

코트 〈을/를〉* 사고 싶어요 .

【call.too.<ool/rule>*/ 沙.哥/ 是.破.唷】

ko.teu.<eul/reul>*/ sa.go/ si.peo.yo

替換：只要把黃色部分代入想買的【衣服】、【配飾】、【其他產品】就可以了！

*<을/를>是助詞，於口語中可以省略，發音較困難的話可以不用説。

替換詞彙【衣服】

衣服 | 옷
wood
ot

韓服 | 한복
慳.卜
han.bok

連身裙 | 원피스
won.pee.sue
won.pi.seu

褲 | 바지
怕.志
ba.ji

短褲 | 반바지
盼.爸.志
ban.ba.ji

牛仔褲 | 청바지
倉.爸.志
cheong.ba.ji

西裝褲 | 양복바지
young.卜.爸.志
yang.bok.ppa.ji

裙 | 치마
痴.麻
chi.ma

夾克（Jacket）| 재킷
遮.揭
jae.kit

恤衫 | 셔츠
(she-all).choo
syeo.cheu

T 恤 | 티셔츠
tee.(she-all).choo
ti.syeo.cheu

毛衣（Sweater）|
스웨터
sue.where.拖
seu.we.teo

緊身褲（Leggings）|
레깅스
哩.勁.sue
re.ging.seu

絲襪 | 스타킹
sue.他.傾
seu.ta.king

胸圍 | 브래지어
pool.哩.志.哦
beu.rae.ji.eo

底褲 | 팬티
pan.tea
paen.ti

替換詞彙【配飾】

袋 | 가방
car.崩
ga.bang

銀包 | 지갑
似.甲
ji.gap

鞋 | 신발
先.bye
sin.bal

皮鞋 | 구두
cool.do
gu.du

運動鞋 | 운동화
oon.動.(who-哇)
un.dong.hwa

手錶 / 鐘 | 시계
思.嘅
si.gye

皮帶 | 벨트 / 허리띠
bell.to / 呵.lee.哟
bel.teu / heo.ri.tti

頸巾 | 목도리
木.多.lee
mok.tto.ri

披肩 | 스카프
sue.car.pool
seu.ka.peu

帽 | 모자
磨.炸
mo.ja

手鏈 | 팔찌
pal.志
pal.jji

戒指 | 반지
盼.志
ban.ji

頸鏈 | 목걸이
木.哥.lee
mok.kkeo.ri

耳環 | 귀걸이
(cool-we).哥.lee
gwi.geo.ri

鏡 | 거울
call.ool
geo.ul

梳 | 빗
撒
bit

頭箍 | 머리띠
麼.lee.哟
meo.ri.tti

髮夾 | 머리핀
麼.lee.pin
meo.ri.pin

（頭髮）橡筋 | 머리끈
麼.lee.官
meo.ri.kkeun

替換詞彙【其他產品】

香水 | 향수
(he-young).sue
hyang.su

化妝品 | 화장품
(who-哇).爭.poom
hwa.jang.pum

紀念品 | 기념품
key.(knee-om).poom
gi.nyeom.pum

禮物 | 선물
sean.mul
seon.mul

雨傘 | 우산
嗚.山
u.san

書 | 책
呎
chaek

地圖 | 지도
似.door
ji.do

電子辭典 | 전자사전
(錯-安).炸.沙.john
jeon.ja.sa.jeon

電子用品 | 전자제품
(錯-安).炸.斜.poom
jeon.ja.je.pum

飾物（Accessory）|
액세서리
egg.些.梳.lee
aek.sse.seo.ri

餅乾、零食 |
과자 / 스낵
誇.炸 / sue.neck
gwa.ja / seu.naek

電腦 | 컴퓨터
com.(pee-you).拖
keom.pyu.teo

筆記型電腦 | 노트북
挪.too.卜
no.teu.buk

耳機（Ear Phone）|
이어폰
易.哦.潘
i.eo.pon

人蔘 | 인삼
in.三
in.sam

盒 | 박스
白.sue
bak.sseu

手提電話 | 휴대폰 / 핸드폰
(he-you).爹.潘 / hand.do.潘
hyu.dae.pon / haen.deu.pon

替換句

2

我可以**試穿**嗎？

입어 봐도 돼요？

【**易.播**/ 怕.多/ (to-where).唷】

i.beo/ bwa.do/ dwae.yo

替換：只要把黃色部分代入【試～（做）】就可以了！

替換詞彙【試～（做）】

試穿（衣服）|입어 易.播 i.beo	試穿（鞋）|신어 思.挪 si.neo	試戴（帽子、眼鏡）|써 梳 sseo
試用（電子用品、化妝品）|써 梳 sseo	試戴（戒指、隱形眼鏡）|껴 (gi-yaw) kkyeo	試揹（手袋、背包）|메 咩 me
試繫（領帶、皮帶、鞋帶、頸巾）|매 咩 mae	試戴（頭箍）|매 咩 mae	試戴（手錶、手鏈）|차 差 cha
試食|먹어 磨.哥 meo.geo	試做（體驗）|해 hair hae	試戴（頸鏈、耳環、頭飾）|해 hair hae

替換句

沒有其他顏色嗎？

다른 색 〈이/가〉* 없나요 ?

【他.ruin/ 石.<易/嫁>*/ om.拿.唷】

da.reun/ saek.<i/ga>*/ eom.na.yo

替換：只要把黃色部分代入【顏色】就可以了！

*<이/가>是助詞，於口語中可以省略，發音較困難的話可以不用說。

替換詞彙【顏色】

其他顏色 | 다른 색 他.ruin/ 石 da.reun/ saek	其他款式 | 다른 디자인 他.ruin/ tea.渣.in da.reun/ di.ja.in	其他尺寸 | 다른 사이즈 他.ruin/ 沙.易.jew da.reun/ sa.i.jeu
灰色 | 회색 (who-where).石 hoe.saek	紅色 | 빨간색 buy.間.石 ppal.gan.saek	黃色 | 노란색 挪.躝.石 no.ran.saek
橙色 | 주황색 choo.(who-罍).石 ju.hwang.saek	藍色 | 파란색 趴.躝.石 pa.ran.saek	粉紅色 | 핑크색 / 분홍색 拼.cool.石/ 盤.空.石 ping.keu.saek / bun.hong.saek
綠色 | 초록색 初.碌.石 cho.rok.saek	紫色 | 보라색 破.啦.石 bo.ra.saek	白色 | 하얀색 / 흰색 哈.因.石/ 軒.石 ha.yan.saek / huin.saek
銀色 | 은색 oon.石 eun.saek	金色 | 금색 koom.石 geum.saek	黑色 | 검은색 / 까만색 call.moon.石/ 家.蚊.石 geo.meun.saek / kka.man.saek

103

7.2 講價
값을 깎기

便宜些可以嗎？

慳姑 ： 這個手袋多少錢？ [1]
한구： 이 가방 얼마예요 ?

易/ 卡.崩/ ol.媽.夜.唷
i/ ga.bang/ eol.ma.ye.yo

老闆 ： 三萬五千韓圜。
사장님： 35,000 원이에요 .

三.萬/ 哦.初/ non.knee.夜.唷
sam.man/ o.cheo/nwo.ni.e.yo

慳姑 ： 太貴了。老闆，便宜一點吧！②
한구： 너무 비싸요 . 사장님 , 깎아 주세요 .

挪.moo/ pee.沙.唷/ 沙.爭.黏/ 加.加/ choo.些.唷
neo.mu/ bi.ssa.yo/ sa.jang.nim/ kka.kka/ ju.se.yo

老闆 ： 那個手袋是新款，所以價格有點貴。
사장님： 그 가방은 새 상품이라서
　　　　 가격이 좀 비싸요 .

cool/ 卡.崩.oon/ 些/ 生.pool.咪.啦.梳/
卡.(gi-yaw).gi/ joom/ pee.沙.唷
geu/ ga.bang.eun/ sae/ sang.pu.mi.ra.seo/
ga.gyeo.gi/ jom/ bi.ssa.yo

慳姑 ： 那麼這個多少錢？①
한구： 그럼 이거 얼마예요 ?

cool.rom/ 易.個/ ol.媽.夜.唷
geu.reom/ i.geo/ eol.ma.ye.yo

老闆 ： 二萬韓圜。
사장님： 20,000 원이에요 .

易.萬/ won.knee.air.唷
i.ma/ nwo.ni.e.yo

慳姑 ： 給我便宜一點不可以嗎？

한구 ： 싸게 주시면 안 돼요 ？

沙.嘅/ choo.思.(咪-安)/ 晏/ (do-where).唷

ssa.ge/ ju.si.myeon/ an/ dwae.yo

老闆 ： 您用現金付款的話可以便宜兩千韓圜。

사장님 ： 현금으로 결제하시면
2,000 원 깎아 줄게요 .

(嘻-安).姑.moo.raw/ (key-all).姐.哈.思.(咪-安)/
易.初/ non/ 加.加/ chool.嘅.唷

hyeon.geu.meu.ro/ gyeol.je.ha.si.myeon/
i.cheo/ nwon/ kka.kka/ jul.kke.yo

慳姑 ： 老闆，我是個學生，一萬五千韓圜賣給我吧！

한구 ： 사장님 , 저는 학생이에요 .
15,000 원으로 해 주세요 .

沙.爭.黏/ 錯.noon/ 黑.腥.易.air.唷/
萬/ 哦.初/ non.noo.raw/ hair/ choo.些.唷

sa.jang.nim/ jeo.neun/ hak.ssaeng.i.e.yo/
man/ o.cheo/ nwo.neu.ro/ hae/ ju.se.yo

老闆 ： 不可以。一萬六千韓圜賣給您吧！

사장님 ： 안 돼요 . 16,000 원으로 해 줄게요 .

晏/ (do-where).唷/ 萬/ 肉.初/ non.noo.raw/ hair/ chool.嘅.唷

an/ dwae.yo/ man/ yuk.cheo/ nwo.neu.ro/ hae/ jul.kke.yo

慳姑 ： 是，謝謝。請給我這個。

한구 ： 네 , 감사합니다 . 이거 주세요 .

呢/ 琴.沙.堪.knee.打/ 易.個/ choo.些.唷

ne/ gam.sa.ham.ni.da/ i.geo/ ju.se.yo

替換句

1 - 1

這個多少錢？

이거 얼마예요 ?

【易.個/ ol.媽.夜.唷】

i.geo/ eol.ma.ye.yo

替換：只要把黃色部分代入你想知價錢的【衣服】、【配飾】、【其他產品】
或【指示代詞】就可以了！

知多點

「이거」是「這個」的意思，買東西或點餐時也很有用，只要指着圖片或眼前物件問就可以。也可以用「이」加上「東西」的形式説，即「이 가방」表示「這個手袋」。

替換句

1-2

這個手袋多少錢？

이 가방 얼마예요？

【易/ 卡.崩/ ol.媽.夜.唷】

i/ ga.bang/ eol.ma.ye.yo

替換：只要把黃色部分代入您想知價錢的【衣服】、【配飾】、【其他產品】或【指示代詞】就可以了！

替換詞彙【指示代詞】

這個（物件距離説話者近）| 이거	那個（物件距離説話聽者近）| 그거	那個（物件距離説話者和聽者皆遠）| 저거
易.個	cool.個	錯.個
i.geo	geu.geo	jeo.geo

替換句

②

老闆，請給我便宜一點吧！

사장님 , 깎아 주세요 .

【沙.爭.黏/　加.加/ choo.些.唷】

sa.jang.nim/　kka.kka/ ju.se.yo

替換：只要把黃色部分代入【人物稱呼】就可以了！

替換詞彙【人物稱呼】

老闆 | 사장님
沙.爭.黏
sa.jang.nim

姨 | 이모님
易.麼.黏
i.mo.nim

大叔 | 아저씨
亞.座.師
a.jeo.ssi

大嬸 | 아줌마
亞.joom.媽
a.jum.ma

哥哥（女生對年紀比自己大的男生的稱呼）|
오빠
哦.爸
o.ppa

哥哥（男生對年紀比自己大的男生的稱呼）| 형
(he-yawn)
hyeong

姐姐（女生對年紀比自己大的女生的稱呼）| 언니
按.knee
eon.ni

姐姐（男生對年紀比自己大的女生的稱呼）| 누나
noo.拿
nu.na

7.3 付款
계산하기

慳姑 ： 這裏可以退税嗎？ ●

한구 ： 여기 택스 리펀드가 되나요？

yaw.gi/ 踢.sue/ lee.pond.do.嫁/ (to-where).拿.唷

yeo.gi/ taek.sseu/ ri.peon.deu.ga/ doe.na.yo

職員 ： 是，可以的。
消費三萬韓圜以上就可以。

직원 ： 네 , 돼요 . 3 만원이상
구매하시면 돼요 .

呢/ (to-where).唷 三.萬/ won.易.生/
cool.咩.哈.思.(咪-安)/ (to-where).唷

ne/ dwae.yo/ sam.ma/ nwo.ni.sang/
gu.mae.ha.si.myeon/ dwae.yo

（在收銀處）

職員 ： 客人，您要以什麼方式付款呢？
직원 : 손님 , 계산은 어떻게 해 드릴까요 ?
soon.黏/ 騎.沙.noon/ 哦.多.care/ hair/ to.real.加.唷
son.nim/ gye.sa.neun/ eo.tteo.ke/ hae/ deu.ril.kka.yo

慳姑 ： 我用信用卡付款。
한구 : 신용카드로 할게요 .
先.用.carder.raw/ 係.嘅.唷
sin.yong.ka.deu.ro/ hal.kke.yo

職員 ： 您需要袋嗎？
직원 : 봉투는 필요하신가요 ?
捧.too.noon/ pee.(lee-all).哈.先.嫁.唷
bong.tu.neun/ pi.ryo.ha.sin.ga.yo

慳姑 ： 是，需要。
한구 : 네 , 필요해요 .
呢/ pee.(lee-all).hair.唷
ne/ pi.ryo.hae.yo

111

職員 ： 請在這裏簽名。
직원 : 여기에 사인해 주세요 .
yaw.gi.air/ 沙.in.hair/ choo.些.唷
yeo.gi.e/ sa.in.hae/ ju.se.yo

慳姑 ： 是，請給我退税單。
한구 : 네 , 택스 리펀드 서류를 발행해 주세요 .
呢/　踢.sue/ lee.peond.do/ 梳.(lee-you).rule/ 怕.靚.hair/ choo.些.唷
ne/　taek.sseu/ ri.peon.deu/ seo.ryu.reul/ bal.haeng.hae/ ju.se.yo

職員 ： 謝謝！歡迎下次再來！
직원 : 감사합니다 . 다음에 또 오세요 .
琴.沙.堪.knee.打/　他.嗚.咩/ 多/ 哦.些.唷
gam.sa.ham.ni.da/　da.eu.me/ tto/ o.se.yo

退税單和收據已經放入袋裏。
택스 리펀드 서류하고 영수증은
봉투에 넣었어요 .
踢.sue/ lee.pond.do/ 梳.(lee-you).哈.個/ yawn.sue.終.oon/
捧.too.air/ 挪.哦.梳.唷
taek.sseu/ ri.peon.deu/ seo.ryu.ha.go/ yeong.su.jeung.eun/
bong.tu.e/ neo.eo.sseo.yo

替換句

①

這裏可以退稅嗎？

여기 택스 리펀드 <이/가>* 되나요 ？

【your.gi/ 踢.sue/ lee.ponder.<易/嫁>*/ (to-where).拿.唷】

yeo.gi/ taek.sseu/ ri.peon.deu.<i/ga>*/ doe.na.yo

替換：只要把黃色部分代入【事情】就可以了！

＊<이/가>是助詞，於口語中可以省略，發音較困難的話可以不用説。

替換詞彙【事情】

退税（Tax Refund）|
택스 리펀드
踢.sue/ lee.ponder
taek.sseu/ ri.peon.deu

減價、折扣 | 할인
哈.練
ha.rin

WiFi 無線網絡 |
와이파이
哇.姨.趴.姨
wa.i.pa.i

吸煙 | 흡연
who.(bee-安)
heu.byeon

添咖啡（Coffee Refill）|
커피 리필
call.pee/ lee.pill
keo.pi/ ri.pil

餐廳

第

8

課

8.1 點餐時
음식을 주문할 때

（找位置時）

職員 ： 歡迎光臨，請問幾多位？
직원： 어서 오세요 . 몇 분이세요 ?
哦.梳/ 哦.些.唷/ (咪-odd).搬.knee.些.唷
eo.seo/ o.se.yo/ myeot/ ppu.ni.se.yo

慳姑 ： 六位。
한구： 6 명이요 .
yaw.sort/ (咪-yawn).易.唷
yeo.seot/ myeong.i.yo

職員 ： 這邊請。
직원 ： 이쪽으로 오세요 .
易.租.姑.raw/ 哦.些.唷
i.jjo.geu.ro/ o.se.yo

慳姑 ： 請給我餐單。
한구 ： 메뉴판 좀 주세요 .
咩.new.攀/ joom/ choo.些.唷
me.nyu.pan/ jom/ ju.se.yo

職員 ： 是，在這裏。
직원 ： 네 , 여기 있습니다 .
呢/ yaw.gi/ it.sym.knee.打
ne/ yeo.gi/ it.sseum.ni.da

（點餐時）

職員 ： 您要吃什麼？
직원 ： 무엇을 드시겠어요 ?
moo.哦.sool/ to.思.嘅.梳.唷
mu.eo.seul/ deu.si.ge.sseo.yo

慳姑 ： 請給我四人份的五花肉和二人份的牛肉。[1]
한구 ： 삼겹살 4 인분하고 소고기 2 인분 주세요 .
三.(gi-op).sal/ 沙/ in.半.哈.個/ 梳.個.gi/ 易/ in.半/ choo.些.唷
sam.gyeop.ssal/ sa/ in.bun.ha.go/ so.go.gi/ i/ in.bun/ ju.se.yo

職員 ： 沒有其他需要嗎？
직원 ： 다른 건 필요 없으세요 ?
他.ruin/ 幹/ pee.(lee-all)/ op.sue.些.唷
da.reun/ geon/ pi.ryo/ eop.sseu.se.yo

慳姑 ： 泡菜鍋會辣嗎？
한구 ： 김치찌개가 매워요 ?
鉗.痴.之.嘅.加/ 咩.喎.唷
gim.chi.jji.gae.ga/ mae.wo.yo

117

職員 ： 是，有點辣。您不能吃辣的食物嗎？

직원： 네 , 좀 매워요 . 매운 음식을 못 드세요 ?

呢/ joom/ 咩.喎. 唷/ 咩.oon/ em.思.gool/ mood/ do.些.唷

ne/ jom/ mae.wo.yo/ mae.un/ eum.si.geul/ mot/ tteu.se.yo

慳姑 ： 是的，可以做不辣的嗎？

한구： 네 , 안 맵게 해 주시겠어요 ?

呢/ 晏/ map.嘅/ hair/ choo.思.嘅.梳.唷

ne/ an/ maep.kke/ hae/ ju.si.ge.sseo.yo

職員 ： 是，可以的。

직원： 네 , 가능합니다 .

呢/ 卡.濃.堪.knee.打

ne/ ga.neung.ham.ni.da

慳姑 ： 那麼請給我一個泡菜鍋和兩瓶燒酒。[2]

한구： 그럼 김치찌개 하나랑 소주 2 병 주세요 .

cool.rom/ 鉗.痴.之.嘅/ 哈.那.冷/
梳.jew/ to.(bee-yawn)/ choo.些.唷

geu.reom/ gim.chi.jji.gae/ ha.na.rang/
so.ju/ du.byeong/ ju.se.yo

職員 ： 知道了。

직원： 알겠습니다 .

嗌.嘅.sym.knee.打

al.get.sseum.ni.da

（要求餐具時）

慳姑 ： 不好意思（叫侍應），請給我兩隻碟。[2]

한구： 저기요 , 접시 2 개 좀 주세요 .

錯.gi.唷/ chop.思.to.嘅/ joom/ choo.些.唷

jeo.gi.yo/ jeop.ssi/ du.gae/ jom/ ju.se.yo

118

職員 ： 是，請稍等一下。
직원 : 네 , 잠시만 기다려 주세요 .
呢/ 尋.思.慢/ key.打.(lee-all)/ choo.些.唷
ne/ jam.si.man/ gi.da.ryeo/ ju.se.yo

（要求添加伴菜時）

慳姑 ： 不好意思（叫侍應），請給我多一些小菜。[3]
한구 : 저기요 , 반찬 좀 더 주세요 .
錯.gi.唷/ 盼.餐/ joom/ 妥/ choo.些.唷
jeo.gi.yo/ ban.chan/ jom/ deo/ ju.se.yo

職員 ： 是，我拿給您。
직원 : 네 , 갖다 드릴게요 .
呢/ 咳.打/ to.real.嘅.唷
ne/ gat.tta/ deu.ril.kke.yo

（要求暖水時）

慳姑 ： 請給我暖水。
한구 : 따뜻한 물 좀 주세요 .
打.do.攤/ mool/ joom/ choo.些.唷
tta.tteu.tan/ mul/ jom/ju.se.yo

職員 ： 是，在這裏。
직원 : 네 , 여기 있습니다 .
呢/ yaw.gi/ it.sym.knee.打
ne/ yeo.gi/ it.sseum.ni.da

（要求不放蔥時）

慳姑 ： 請不要放蔥。[4]
한구 : 파는 넣지 말고 빼 주세요 .
趴.noon/ 挪.痴/ 賣.個/ 啤/ choo.些.唷
pa.neun/ neo.chi/ mal.go/ ppae/ ju.se.yo

119

職員 ： 是，知道了。

직원 ： 네 , 알겠습니다 .

呢/ 嗌.嘅.sym.knee.打

ne/ al.get.sseum.ni.da

（埋單時）

慳姑 ： （在櫃臺） 請給我結帳。

한구 ： (계산대에서) 계산해 주세요 .

（騎.山.爹.air.梳） 騎.山.hair/ choo.些.唷

（gye.san.dae.e.seo） gae.san.hae/ ju.se.yo

職員 ： 總共九萬六千韓圜。

직원 ： 모두 96,000 원입니다 .

磨.do/ cool.萬/ 肉.初/ non.炎.knee.打

mo.du/ gu.man/ yuk.cheo/ nwon.im.ni.da

慳姑 ： 這裏是十萬韓圜，請給我單據。

한구 ： 여기 10 만 원이에요 . 영수증 좀 주세요 .

yaw.gi/ seem.萬/ won.knee.夜.唷/ yawn.sue.終/ joom/ choo.些.唷

yeo.gi/ sim.ma/ nwo.ni.e.yo/ yeong.su.jeung/ jom/ ju.se.yo

職員 ： 找您四千韓圜，歡迎再度光臨啊！

직원 ： 여기 거스름돈 4 천 원입니다
다음에 또 오세요 .

yaw.gi/ call.sue.room.噸/ 沙.初/ non.炎.knee.打/
他.嗚.咩/ 多/ 哦.些.唷

yeo.gi/ geo.seu.reum.tton/ sa.cheo/ nwon.im.ni.da/
da.eu.me/ tto/ o.se.yo

替換句

①

請給我二人份的牛肉。

소고기 2 인분 주세요 .

【梳.哥.gi/ 易/ in.半/ choo.些.唷】

so.go.gi/ i/ in.bun/ ju.se.yo

替換：只要把黃色部分代入【食物】就可以了！
藍色部分則代入【份量】。

知多點

　　韓語中先說食物，然後說份量，即一個蘋果會說成蘋果一個。

　　韓國人喜歡團體生活，因此吃飯也會一群人共餐，很少看到一個人吃飯的，所以很多料理都是一大鍋放在餐桌上煮，像是烤肉、部隊鍋、海鮮鍋、辣炒雞等等，所以很多餐廳會指定最少要點二人份（2 인분）的份量。但是如果一個人吃得下二人份的話也是可以點的。

　　一般來說，都會照人數點份量，四個人就點四人份（4 인분），但也可以點三人份，但如果是這樣，慳姑一般都會再加點其他菜、飲料、炒飯或白飯等。也有一些食物是「大（대）」、「中（중）」、「小（소）」來表示，一般餐牌會有註明大、中、小分別可供多少人享用，例如：小的可供二至三人享用，每家店都不同，沒有註明的話點餐時可以問服務員啊！另外，韓國餐廳沒有「搭枱」與陌生人坐在同一張餐桌進餐的文化，服務員也會先清理好餐桌才讓客人就座用餐。

替換詞彙【食物】

大醬湯鍋 /
된장찌개
(to-when).爭.之.嘅
doen.jang.jji.gae

辣牛肉鍋 /
육개장
肉.嘅.爭
yuk.kkae.jang

辣炒雞 /
닭갈비
tak.雞.bee
dak.kkal.bi

拌飯 /
비빔밥
pee.beem.bulb
bi.bim.ppap

燉雞 /
찜닭
占.得
jjim.dak

一隻雞 /
닭한마리
tak.carn.麻.lee
dak.kan.ma.ri

炒飯 /
볶음밥
破.goom.bulb
bo.kkeum.bap

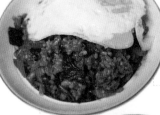

人蔘雞湯 /
삼계탕
三.嘅.tounge
sam.gye.tang

白飯 /
공깃밥
窮.潔.bulb
gong.git.ppap

雲濃湯 /
설렁탕
梳.嘟.tounge
seol.leong.tang

粥 /
죽
choke
juk

炸雞 /
치킨
痴.keen
chi.kin

排骨湯 /
갈비탕
啟.bee.tounge
gal.bi.tang

薯仔排骨湯 /
감자탕
琴.渣.tounge
gam.ja.tang

魷魚 /
오징어
哦.蒸.餓
o.jing.eo

辣魚湯 /
매운탕
咩.un.tounge
mae.un.tang

鰻魚 /
장어
撐.餓
jang.eo

烤牛肉 /
불고기
pool.哥.gi
bul.go.gi

炒雜錦菜 /
잡채
插.車
jap.chae

蝦 /
새우
些.鳥
sae.u

韓定食 /
한정식
慳.撞.seek
han.jeong.sik

韓牛 /
한우
哈.noo
ha.nu

生魚片 /
회
（who-where）
hoe

五花腩肉 /
삼겹살
三.(gi-yop).sal
sam.gyeop.ssal

生牛肉（肉膾）/
육회
you.(cool-where)
yu.koe

123

菜包肉 /
보쌈
破.衫
bo.ssam

拌冷麵 /
비빔면
pee.beam.(咪-安)
bi.bim.myeon

豬腳 /
족발
choke.bal
jok.ppal

海鮮辣湯麵（炒碼麵）/
짬뽕
針.bone
jjam.ppong

蒸蛋 /
계란찜
騎.爛.占
gye.ran.jjim

炸醬麵 /
짜장면
渣.爭.(咪-安)
jja.jang.myeon

嫩豆腐鍋 /
순두부찌개
soon.do.bull.之.嘅
sun.du.bu.jji.gae

公仔麵 /
라면
啦.(咪-安)
ra.myeon

糖醋豬肉 /
탕수육
tounge.sue. 肉
tang.su.yuk

烏冬 /
우동
ooh.冬
u.dong

泡菜鍋 /
김치찌개
鉗.痴.之.嘅
gim.chi.jji.gae

烤牛腸 /
곱창구이
coop.撐.固.易
gob.chang.gu.i

刀切麵 /
칼국수
溪.谷.sue
kal.guk.ssu

冷麵 /
냉면
neng.(咪-安)
naeng.myeon

鯖魚 /
고등어
call.冬.餓
go.deung.eo

炒年糕 /
떡볶이
dog.卜.gi
tteok.ppo.kki

紅豆包 /
찐빵
煎.崩
jjin.ppang

紫菜飯卷 /
김밥
鉗.bulb
gim.ppap

鯛魚燒 /
붕어빵
碰.柯.崩
bung.eo.ppang

血腸 /
순대
soon.爹
sun.dae

部隊鍋 /
부대찌개
pool.爹.之.嘅
bu.dae.jji.gae

魚糕串 /
어묵
哦.木
eo.muk

大便燒 /
똥빵
東.崩
ttong.ppang

餃子 /
만두
慢.do
man.du

黑糖餅 /
호떡
呵.dog
ho.tteok

雞蛋糕 /
계란빵
騎.爛.崩
gye.ran.ppang

餐廳

125

烤雞肉串 /
닭꼬치
tark.哥.痴
dak.kko.chi

薯條熱狗 /
감자핫도그
琴.炸.核.多.故
gam.ja.hat.tto.geu

窩夫 /
와플
哇.pool
wa.peul

煎炸類（天婦羅）/
튀김
(to-we).劍
twi.gim

核桃糕 /
호두과자
呵.do.掛.炸
ho.du.gwa.ja

旋風薯片 /
회오리감자
(who-where).哦.lee.禁.炸
hoe.o.ri.gam.ja

綠豆煎餅 /
빈대떡
騙.爹.dog
bin.dae.tteok

海鮮煎餅 /
해물파전
hair.mool.趴.john
hae.mul.pa.jeon

泡菜煎餅 /
김치전
鉗.痴.john
gim.chi.jeon

枴杖雪糕 /
지팡이아이스크림
似.硼.易.亞.易.sue.cool.廉
ji.pang.i.a.i.seu.keu.rim

替換詞彙【份量】

1 人份 | 일 인분 ill/ in.半 il/ in.bun	2 人份 | 이 인분 易/ in.半 i/ in.bun	3 人份 | 삼 인분 三/ in.半 sam/ in.bun
4 人份 | 사 인분 沙/ in.半 sa/ in.bun	5 人份 | 오 인분 哦/ in.半 o/ in.bun	6 人份 | 육 인분 郁/ in.半 yuk/ in.bun
7 人份 | 칠 인분 chil/ in.半 chil/ in.bun	8 人份 | 팔 인분 pal/ in.半 pal/ in.bun	9 人份 | 구 인분 cool/ in.半 gu/ in.bun
10 人份 | 십 인분 涉/ in.半 sip/ in.bun		

* 避免因發音不準而引起誤會，這一部分發音不作連音。

替換句

②

請給我 兩瓶燒酒。

소주 2 병 주세요 .

【梳.jew/ to/ (bee-yawn)/ choo.些.唷】

so.ju/ tu/ byeong/ ju.se.yo

替換：只要把黃色部分代入【食物】或【飲品】或【餐具】就可以了！
藍色部分則代入【數量】。

替換詞彙【飲品】

燒酒 | 소주
梳.jew
so.ju

啤酒 | 맥주
mag.jew
maek.jju

馬格利酒 | 막걸리
陌.哥.lee
mak.kkeol.li

紅酒 | 와인
哇.in
wa.in

水 | 물
mool
mul

冷水 | 찬물
餐.mool
chan.mul

暖水 | 따뜻한 물
打.do.攤/ mool
tta.tteu.tan/ mul

熱水 | 뜨거운 물
do.哥.oon/ mool
tteu.geo.un/ mul

可樂 | 콜라
Cola
kol.la

汽水 | 사이다
沙.易.打
sa.i.da

橙汁 | 오렌지 주스
哦.靚.之/ jew.sue
o.ren.ji/ ju.seu

蘋果汁 | 사과 주스
沙.瓜/ jew.sue
sa.gwa/ ju.seu

牛奶 | 우유
ooh.you
u.yu

香蕉奶 | 바나나 우유
怕.那.那/ ooh.you
ba.na.na/ u.yu

士多啤梨奶 | 딸기 우유
dull.gi/ ooh.you
ttal.gi/ u.yu

豆奶 | 두유
to.you
du.yu

益力多 |
요구르트
your.固.rooter
yo.gu.reu.teu

冰紅茶（Ice Tea）|
아이스티
亞.姨.sue.tea
a.i.seu.ti

茶 | 차
差
cha

紅茶 | 홍차
空.差
hong.cha

綠茶 | 녹차
node.差
nok.cha

咖啡 | 커피
call.pee
keo.pi

甜米釀 | 식혜
思.care
si.kye

紅豆冰 | 팥빙수
匹.冰.sue
pat.pping.su

雪糕 | 아이스크림
亞.姨.sue.cream
a.i.seu.keu.rim

冰 | 얼음
餓.room
eo.reum

替換詞彙【數量】 數字 ＋ 量詞的説法

1	한	2	두	3	세
慳		to		些	
han		du		se	

4	네	5	다섯	6	여섯
呢		他 .sort		yaw.sort	
ne		da.seot		yeo.seot	

7	일곱	8	여덟	9	아홉
ill.goop		yaw.doll		a.hope	
il.gop		yeo.deol		a.hop	

10	열	20	스무
yol		sue.moo	
yeol		seu.mu	

備註：請延伸參考本書第 40 頁關於數字的説明。

替換詞彙【數量】 量詞

個	개	杯	잔	碗	그릇
嘅		讚		cool.rood	
gae		jan		geu.reut	

瓶	병	罐	캔	盒（飲品）	팩
(bee-yawn)		ken		劈	
byeong		kaen		paek	

件（衣服）	벌	雙	켤레	張	장
(破-ol)		(key-柯).哩		爭	
beol		kyeol.le		jang	

名（人數）	명	位（人數）	분
(咪-yawn)		半	
myeong		bun	

替換句

3

請給我多一些小菜。

반찬 좀 더 주세요.

【盼.餐/ joom/ 妥/ choo.些.唷】

ban.chan/ jom/ deo/ ju.se.yo

替換：只要把黃色部分代入【食物】或【飲品】或【餐具】或【調味料】就可以了！

知多點

　　這句句子中，「더」是「多些」的意思，韓國的飲食文化最特別之處就是有很多小菜（반찬），小菜是可以添加的，所以吃完一碟後可以説這句要多些小菜。也適用於加水，要多一些餐具，吃燒肉時要添加生菜等等。

　　可是有些餐廳可能是自助式的，會在拿水或小菜的附近寫「셀프입니다」，意思是「水跟小菜是自助的（self）」，就是自己拿自己要的東西，餐具也會有同樣的情況。可是水的是冰的，如果想要暖水，要另外要求。提提大家，雖然小菜可以添加不用額外收費，最好還是加可以吃得下的份量，避免浪費食物啊！

替換詞彙【餐具】

碗 | 그릇
cool.rood
geu.reut

碟 | 접시
chop.思
jeop.ssi

筷子 | 젓가락
(錯-odd).家.勒
jeot.kka.rak

匙羹 | 숟가락
術.家.勒
sut.kka.rak

叉 | 포크
paul.cool
po.keu

餐刀 | 나이프
拿.姨.pool
na.i.peu

圍裙 | 앞치마
up.痴.麻
ap.chi.ma

牙籤 | 이쑤시개
易.sue.思.嘅
i.ssu.si.gae

廁紙 | 휴지
(嘻-you).志
hyu.ji

紙巾 | 티슈
tissue
ti.syu

濕紙巾 | 물티슈
mool.tissue
mul.ti.syu

煙灰缸 | 재떨이
斜.多.lee
jae.tteo.ri

替換句

④

請不要放蔥。

파 〈은/는〉* 넣지 말고 빼 주세요 .

【趴.\<oon/noon\>*/ 挪.痴/ 賣.go/ 啤/ choo.些.唷】

pa.\<eun/neun\>*/ neo.chi/ mal.go/ ppae/ ju.se.yo

替換：只要把黃色部分代入不想或不能吃的【食物】或【小菜及調味料】就可以了！
*〈은/는〉是助詞，於口語中可以省略，發音較困難的話可以不用說。

替換詞彙【小菜及調味料】

葱 | 파
趴
pa

洋葱 | 양파
young.趴
yang.pa

泡菜 | 김치
鉗.痴
gim.chi

生菜 | 상추
生.choo
sang.chu

芝蔴葉 | 깻잎
gan.揑
kkaen.nip

蒜頭 | 마늘
麻.nool
ma.neul

辣椒醬 | 고추장
call.choo.贈
go.chu.jang

砂糖 | 설탕
sold.tounge
seol.tang

鹽 | 소금
梳.goom
so.geum

豉油 | 간장
carn.贈
gan.jang

醋 | 식초
seek.初
sik.cho

胡椒 | 후추
who.choo
hu.chu

茄汁 | 케첩
care.chop
ke.cheop

芝士 | 치즈
痴.jew
chi.jeu

沙律醬 | 샐러드드레싱
sell.law.do.do.哩.sing
sael.leo.deu.deu.re.sing

蛋黃醬 | 마요네즈
麻.唷.呢.jew
ma.yo.ne.jeu

知多點

　　韓國料理有很多都是辣的，如果不能吃辣的就點不辣的，不要相信店家說的「不辣」，通常韓國人的「不辣」都跟我們的不一樣。慳姑就試過，明明老闆說不辣，結果卻是中辣程度，所以不能吃辣的一定要先要求做不辣的。
　　有一些餐廳門口會有一個小的咖啡機，提供免費的咖啡，讓客人可以結賬後喝一小杯提提神。

8.2 咖啡店用語
커피숍용어

餐廳

（買咖啡時）

職員 ： 歡迎光臨，您要喝什麼飲品嗎？
직원 ： 어서 오세요 . 음료는 무엇으로 하시겠어요 ?
哦.梳/ 哦.些.唷/ oom.(knee-all).noon/ moo.哦.sue.raw/ 哈.思.嘅.梳.唷
eo.seo/ o.se.yo/ eum.nyo.neun/ mu.eo.seu.ro/ ha.si.ge.sseo.yo

慳姑 ： 請給我一杯焦糖咖啡。❶
한구 ： 카라멜 마끼아또 한 잔 주세요 .
卡.啦.mail/ 罵.gi.亞.多/ 慳/ 賺/ choo.些.唷
ka.ra.mel/ ma.kki.a.tto/ han/ jan/ ju.se.yo

133

職員 ： 替您做冰的嗎？
직원 : 아이스로 준비해 드릴까요 ?
亞.姨.sue.raw/ 循.bee.hair/ to.real.加.唷
a.i.seu.ro/ jun.bi.hae/ deu.ril.kka.yo

慳姑 ： 不，請給我暖的。②
한구 : 아니요 , 따뜻한 거로 주세요 .
亞.knee.唷/ 打.do.攤/ 個.raw/ choo.些.唷
a.ni.yo/ tta.tteu.tan/ geo.ro/ ju.se.yo

職員 ： 請問要什麼大小的呢？
직원 : 어떤 사이즈로 하시겠어요 ?
哦.don/ 沙.姨.jew.raw/ 哈.思.嘅.梳.唷
eo.tteon/ sa.i.jeu.ro/ ha.si.ge.sseo.yo

慳姑 ： 請給我中杯（Tall Size）的。③
한구 : 톨 사이즈로 주세요 .
tall/ 沙.姨.jew.raw/ choo.些.唷
tol/ sa.i.jeu.ro/ ju.se.yo

職員 ： 要在這裏喝嗎？
직원 : 여기서 드실 거예요 ?
yaw.gi.梳/ to.seal/ 哥.夜.唷
yeo.gi.seo/ deu.sil/ kkeo.ye.yo

134

慳姑 ： 拿走（Take-out）的。
한구 : 테이크아웃이요 .
tay.cool.亞.嗚.思.唷
te.i.keu.a.u.si.yo

職員 ： 是，三千九百韓圜。
직원 : 네 , 3,900 원입니다 .
呢/ 三.(初-安).cool.啤/ (過-安).炎.knee.打
ne/ sam.cheon.gu.bae/ gwon.im.ni.da

慳姑 ：在這裏。
한구 : 여기 있습니다 .
yaw.gi/ it.sym.knee.打
yeo.gi/ it.sseum.ni.da

職員 ： 呼叫器震動的時候請到這裏取，謝謝！
직원 : 진동이 울리면 여기서 받아
가시면 됩니다 . 감사합니다 .
錢.動.姨/ 護.lee.(咪-安)/ yaw.gi.梳/ 怕.打/
卡.思.(咪-安)/ (to-wam).knee.打/ 琴.沙.堪.knee.打
jin.dong.i/ ul.li.myeon/ yeo.gi.seo/ ba.da/
ga.si.myeon/ doem.ni.da/ gam.sa.ham.ni.da

（問 WiFi 時）

慳姑 ： 這裏有無線網絡（WiFi）嗎？ ❹
한구 : 여기 와이파이가 있나요？
yaw.gi/ 話.姨.趴.姨.嫁/ in.拿.唷
yeo.gi/ wa.i.pa.i.ga/ in.na.yo

職員 ： 是，有的。
직원 : 네, 있습니다 .
呢/ it.sym.knee.打
ne/ it.sseum.ni.da

慳姑 ： 密碼是什麼呢？ ❺
한구 : 비밀번호가 뭐예요？
pee.meal.播.挪.嫁/ 麼.夜.唷
bi.mil.beon.ho.ga/ mwo.ye.yo

職員 ： 密碼寫在單據上面。
직원 : 영수증에 써 있습니다 .
yawn.sue.終.air/ 梳/ it.sym.knee.打
yeong.su.jeung.e/ sseo/ it.sseum.ni.da

慳姑 ： 呀，原來如此！謝謝！
한구 : 아 , 그렇군요！감사합니다 .
亞/ cool.raw.koon.唷/ 琴.沙.堪.knee.打
a/ geu.reo.kun.nyo/ gam.sa.ham.ni.da

替換句

1

請給我一杯焦糖咖啡。

카라멜마끼아또 한 잔 주세요 .

【卡.啦.mail.罵.gi.亞.多/ 慳/ 賺/ choo.些.唷】

ka.ra.mel.ma.kki.a.tto/ han/ jan/ ju.se.yo

替換：只要把黃色部分代入【咖啡店飲品】或【咖啡店食物】就可以了！
藍色部分代入【數量】，可參考〈8.1 點餐用語〉。

替換詞彙【咖啡店飲品】

特濃咖啡 | 에스프레소
as.press.梳
e.seu.peu.re.so

美式咖啡 | 아메리카노
亞.咪.lee.卡.挪
a.me.ri.ka.no

鮮奶咖啡 | 카페라떼
卡.pair.啦.爹
ka.pe.ra.tte

泡沫咖啡 |
카푸치노
卡.pool.痴.挪
ka.pu.chi.no

朱古力咖啡 | 카페모카
卡.pair.麼.卡
ka.pe.mo.ka

雲呢拿鮮奶咖啡 |
바닐라라떼
怕.knee.啦.啦.爹
ba.nil.la.ra.tte

榛子咖啡 |
헤이즐넛라떼
hey.gel.not.啦.爹
he.i.jeul.neot.ra.tte

焦糖咖啡 |
카라멜마끼아또
卡.啦.mail.罵.gi.亞.多
ka.ra.mel.ma.kki.a.tto

朱古力鮮奶咖啡 |
초코라떼
搓.call.啦.爹
cho.ko.ra.tte

鮮奶抹茶 | 그린티라떼
cool.練.tea.啦.爹
geu.rin.ti.ra.tte

鮮奶蕃薯 | 고구마라떼
call.姑.媽.啦.爹
go.gu.ma.ra.tte

冰蜜桃茶（Peach Ice Tea）|
복숭아 아이스티
扑.鬆.亞/ 亞.姨.sue.tea
bok.ssung.a/ a.i.seu.ti

熱朱古力 | 핫초코
hard.搓.call
hat.cho.ko

冰紅茶（Ice Tea）
| 아이스티
亞.姨.sue.tea
a.i.seu.ti

綠茶 | 녹차
node.差
nok.cha

137

紅茶 | 홍차
空.差
hong.cha

柚子茶 | 유자차
you.炸.差
yu.ja.cha

士多啤梨汁 | 딸기 주스
die.gi/ jew.sue
ttal.gi/ ju.seu

牛奶 | 우유
ooh.you
u.yu

橙汁 | 오렌지 주스
哦.靚.之/ jew.sue
o.ren.ji/ ju.seu

白朱古力咖啡 |
화이트초코카페모카
(who-哇).姨.to.搓call.
卡.pair.麼.卡
hwa.i.teu.cho.ko.ka.pe.mo.ka

芒果奶昔 | 망고스무디
盲.個.sue.moody
mang.go.seu.mu.di

紅豆冰 | 팥빙수
匹.冰.sue
pat.pping.su

替換詞彙【咖啡店食物】

窩夫 | 와플
哇.pool
wa.peul

多士 | 토스트
toaster
to.seu.teu

漢堡包 | 햄버거
ham.波.個
ham.beo.geo

三文治 | 샌드위치
sender.we.痴
saen.deu.wi.chi

熱狗 | 핫도그
hard.dogger
hat.tto.geu

百吉圈 | 베이글
被.gool
be.i.geul

芝士蛋糕 |
치즈케이크
痴.jew.kay.姨.cool
chi.jeu.ke.i.keu

替換詞彙【額外追加】

鮮忌廉（Fresh
Cream）| 생크림
腥.cream
saeng.keu.rim

鮮忌廉（Whipping
Cream）| 휘핑
(who-we).拼
hwi.ping

糖漿（Syrup）| 시럽
思.rob
si.reop

冰	얼음	砂糖	설탕 / 슈가	飲管	빨대
哦.room eo.reum	sol.tounge / sugar seol.tang / syu.ga	bal.爹 ppal.dae

杯套（Cup Sleeves）| 컵 슬리브	杯托（Cup Holder）| 컵 홀더
cop/ sue.lee.boo keop/ seul.li.beu	cop/ hole.多 keop/ hol.deo

替換句
②

請給我暖的。

따뜻한 거로 주세요 .

【打.do.攤/ 個.raw/ choo.些.唷】

tta.tteu.tan/ geol.lo/ ju.se.yo

替換：只要把黃色部分代入【溫度】就可以了！

替換詞彙【溫度】

冰的	아이스	冷的	차가운	暖的	따뜻한
亞.姨.sue a.i.seu	差.家.換 cha.ga.un	打.do.攤 tta.tteu.tan

熱的	뜨거운
do.哥.換 tteu.geo.un

139

替換句

3

請給我 **Tall size** 的。

톨 사이즈로 주세요.

【Tall/ 沙.姨.jew.raw/ choo.些.唷】

tol/ sa.i.jeu.ro/ ju.se.yo

替換：只要把黃色部分代入【杯的大小】就可以了！

替換詞彙【杯的大小】

小杯（Shot）| 숏
shot
syot

小杯（Small）|
스몰
small
seu.mol

中杯（Tall）| 톨
tall
tol

中杯（Medium）|
미디엄
咪.啲.om
mi.di.eom

一般（Regular）|
레귤러
哩.gill.囉
re.gyul.leo

大杯（Grande）|
그란데
cool.爛.爹
geu.ran.de

大杯（Large）|
라지
啦.字
ra.ji

特大杯（Venti）| 벤티
pend.tea
ben.ti

替換句

4

請問這裏有無線網絡 WiFi 嗎？

여기 와이파이 〈이/가〉* 있나요 ?

【yaw.gi/ 話.姨.趴.姨.<易/嫁>*/ in.拿.唷】

yeo.gi/ wa.i.pa.i.<i/ga>*/ in.na.yo

替換：黃色部分可代入其他您想知道有沒有的東西。
*<이/가>是助詞，於口語中可以省略，發音較困難的話可以不用説。

替換句

5

請問密碼是什麼？

비밀번호 〈이 / 가〉* 뭐예요 ?

【pee.meal.播.挪.<易/嫁>*/ 磨.夜.唷】

bi.mil.beon.ho.<i/ga>*/ mwo.ye.yo

替換：黃色部分可代入其他您想知道的事，可參考【個人資料】。
*<이/가> 是助詞，於口語中可以省略，發音較困難的話可以不用説。

替換詞彙【個人資料】

名字 | 이름	職業 | 직업	地址 | 주소
易.room	似.gop	choo.梳
i.reum	ji.geop	ju.so

電話號碼 | 전화번호	興趣 | 취미	
錯.那.播.挪	(choo-we).咪	
jeon.hwa.beon.ho	chwi.mi	

141

8.3 韓國明星經營的咖啡店及餐廳
한국 연예인이 운영하는 커피숍 및 식당

咖啡店 커피숍

♀地址 ➡交通 ✆電話 ⦿營業時間

⑦ 鶴洞站

趙權 | 조권
Midnight in Seoul | 미드나잇 인 서울

- ♀ 首爾特別市江南區論峴洞 63-16 號
  서울특별시 강남구 논현동 63-16
- ➡ 地鐵 7 號線鶴洞站（학동역）10 號出口
- ✆ 02-545-6321
- ⦿ 10:00 - 22:00

⑥ 漢江站

劉亞仁 | 유아인
Studio Concrete | 스튜디오 콘크리트

- ♀ 首爾特別市龍山區漢南洞 795-3 號
  서울특별시 용산구 한남동 795-3
- ➡ 地鐵 6 號線漢江鎮站（한강진역）10 號出口
- ✆ 02-794-4095
- ⦿ 11:00 - 21:00

B 狎鷗亭羅德奧站

尹恩惠 | 윤은혜
JACOB'S LADDER | 제이콥스 래더

- 首爾市江南區新沙洞 635-3
  서울특별시 강남구 신사동 635-3
- 地鐵盆唐線狎鷗亭羅德奧站（압구정로데오역）5 號出口
- 02-541-8910
- 星期一、二、四 09:00 - 23:00, 星期三 09:00 - 20:30, 星期五 09:00 - 21:00,
  星期六 10:00 - 21:00 （星期日休息）

裵勇浚 | 배용준
Center Coffee | 센터커피

- 首爾特別市城東區聖水洞 1 街 685-478 號
  서울특별시 성동구 성수동 1 가685-478
- 地鐵盆唐線首爾林站（서울숲역）4 號出口
- 070-8868-2008
- 10:00 - 21:00（每月最後一個星期一休息）

3 安國站

Super Junior 成員 · 晟敏 | 성민
WIKI CAFE | 위키카페

- 首爾特別市鐘路區司諫洞 51 號
  서울특별시 종로구 사간동 51
- 地鐵 3 號線安國站（안국역）1 號出口
- 02-720-9073
- 平日 11:00 - 20:30, 週末 10:00 - 20:30

9 奉恩寺站

JYJ 成員 · 金在中 | 김재중
Cafe J Holic | 카페 제이홀릭

- 首爾特別市江南區三成洞 109-17 號
  서울특별시 강남구 삼성동 109-17
- 地鐵 9 號線奉恩寺站（봉은사역）4 號出口
- 02-3445-0126
- 08:00 - 22:00

143

---

④ 明洞站

Super Junior 成員 · 圭賢 | 규현
明洞 Mom House | (De'ete espresso) | 명동 맘하우스 디에떼 에스프레소

- 首爾特別市中區退溪路 22 路 11 號
  서울특별시 중구 퇴계로 22 길 11
- 地鐵 4 號線明洞站（명동역） 2 號出口
- 02-779-4455
- 08:00 - 23:00

---

④ 惠化站

Big Bang 成員 · 勝利 | 승리
And.Here | 앤드히어

- 首爾特別市鐘路區東崇洞 31-14 號
  서울특별시 종로구 동숭동 31-14
- 地鐵 4 號線惠化站（혜화역） 1 號出口
- 02-744-8464
- 11:00 - 23:00

---

② ❼ 建大入口站

Super Junior 成員 · 藝聲 | 예성
Mouse Rabbit Coffee| 마우스래빗

- 首爾特別市廣津區華陽洞 5-14 號
  서울특별시 광진구 화양동 5-14
- 地鐵 2、7 號線建大入口站（건대입구역） 2 號出口
- 02-462-4015
- 12:00 - 23:30

---

② 聖水站

Super Junior 成員 · 東海 | 동해
haru&oneday | 하루앤원데이

- 首爾特別市城東區聖水洞 2 街 314-5 號
  서울특별시 성동구 성수동 2 가 314-5
- 地鐵 2 號線聖水站（성수역） 4 號出口
- 02-499-9303
- 平日 07:30 - 23:00, 星期六 09:00 - 23:00, 星期日 09:00 - 22:00

濟州市

Big Bang 成員 · G-Dragon 權志龍 | 권지용
Mônsant De Aewol | 하루앤원데이

- 📍 濟州島濟州市涯月邑涯月北西路 56-1 號
  제주도 제주시 애월읍 애월북서길 56-1
- 🚇 濟州國際機場乘坐 702、950、966 巴士於「한담동」下車，車程約 50 分鐘，再步行 5 分鐘。
- 📞 064-799-8900
- 🕐 09:00 - 20:00

餐廳 식당

---

④ **明洞站**

姜虎東 | 강호동
姜虎東白丁烤肉店 - 明洞店 | 강호동백정 - 명동점

- 📍 首爾特別市中區明洞 10 街 19-3 號
  서울특별시 중구 명동 10 길 19-3
- 🚇 地鐵 4 號線明洞站（명동역）8 號出口
- 📞 02-777-6780
- 🕐 11:00 - 02:00

HAHA 河東勳 | 하동훈
401 Restaurant - 明洞店 | 401 레스토랑 - 명동점

- 📍 首爾特別市中區明洞 10 街 41 號
  서울특별시 중구 명동 10 길 41
- 🚇 地鐵 4 號線明洞站（명동역）8 號出口
- 📞 02-773-0401
- 🕐 11:00 - 24:00

---

③ **新沙站**

LEESSANG | 리쌍
Pocha Center Ssang 1 號店 | 포차센타쌍 1 호점

- 📍 首爾特別市江南區江南大路 152 街 41 號
  서울특별시 강남구 강남대로 152 길 41
- 🚇 地鐵 3 號線新沙站（신사역）8 號出口
- 📞 02-543-5881
- 🕐 17:00 - 05:00

145

⑥ 上水站

朴明秀 | 김현중
豬蹄的名手 | 박명수 족발의명수
- ⚲ 首爾特別市麻浦區西橋洞 408 - 6 號
  서울특별시 마포구 서교동 408-6
- 🚇 地鐵 6 號線上水站（상수역） 1 號出口
- ☎ 02-326-2329
- 🕐 星期日至四 16:00 - 02:00, 星期五、六 16:00 - 05:00

李國主 | 이국주
J 國主家呼嚕嚕 | 국주네 호로록
- ⚲ 首爾特別市麻浦區西橋洞 408-31 號
  서울특별시 서교동 408-31
- 🚇 地鐵 6 號線上水站（상수역） 1 號出口
- ☎ 02-336-8662
- 🕐 11:00 - 21:00（15:00 - 16:30 休息時間）

② 合井站

HAHA 河東勳 | 하동훈
401 Restaurant - 弘大店 | 401 레스토랑 - 홍대점
- ⚲ 首爾特別市麻浦區西橋洞 395-17 號
  서울특별시 마포구 서교동 395-17
- 🚇 地鐵 2 號線合井站（합정역） 3 號出口；或 6 號線上水站（상수역） 1 號出口
- ☎ 02-325-0805
- 🕐 星期日至四 16:00 - 02:00，星期五、六 16:00 - 04:00

Infinite 成員 · 李成烈 | 이성열
BBQ Chicken - 合井 Star 店 | BBQ 치킨 합정스타점
- ⚲ 首爾特別市麻浦區西橋洞 395-46 號
  서울특별시 마포구 서교동 395-46
- 🚇 地鐵 2 號線合井站（합정역） 3 號出口
- ☎ 02-325-9282
- 🕐 11:30 - 23:00

② 江南站

Seven | 세븐
烈鳳蒸雞 — 江南店 | 열봉찜닭 - 강남점
- ⚲ 首爾特別市江南區驛三洞 817-8 號
  서울특별시 강남구 역삼동 817-8
- 🚇 地鐵 2 號線江南站 (강남역) 11 號出口
- ☎ 02-508-1011
- 🕐 11:30 - 23:00（15:00 - 17:00 休息時間）

神話成員 · 李玟雨 | 이민우
改版 5 分前 | 게판 5 분전
- 📍 首爾特別市江南區新沙洞 647-4 號
  서울특별시 강남구 신사동 647-4
- 🚇 地鐵盆唐線狎鷗亭羅德奧站（압구정로데오역） 5 號出口
- 📞 02-515-8381
- 🕐 18:00 - 06:00

Big Bang 成員 · 勝利 | 승리
AORI RAMEN 神隱日式拉麵店 | 아오리의 행방불명（아오리라멘)
- 📍 首爾特別市江南區清潭洞 87-10 號 3 樓
  서울특별시 강남구 청담동 87-10 3 층
- 🚇 地鐵盆唐線狎鷗亭羅德奧站（압구정로데오역） 4 號出口
- 📞 02-518-3767
- 🕐 11:30 - 23:00（星期日休息)

EXO 成員 · 燦烈媽媽 | 찬열 어머니
VivaPolo 西餐廳 - 果實店 | 비바폴로 - 열매점
- 📍 首爾特別市江東區明逸洞 312-86 號 2 樓
  서울특별시 강동구 명일동 312-86, 2 층
- 🚇 地鐵 5 號線明逸站（명일역） 1 號出口
- 📞 02-442-7885
- 🕐 11:30 - 21:30（每月第一個星期一休息，國定假期休息)

餐廳

⑧ 江東區廳站

朴信惠 | 박신혜
烤羊腸店 - 東區廳店 | 양철북 - 강동구청점
- ♀ 首爾特別市江東區城內洞 548-3 號
  서울특별시 강동구 성내동 548-3
- 🚇 地鐵 8 號線江東區廳站（강동구청역） 2、3 號出口
- ☎ 02-478-1192
- 🕐 11:30 - 22:30（星期日休息）

Ⓖ 九里站

Infinite 成員 · 東雨 | 동우
烤章魚店 | 인창쭈꾸미
- ♀ 京畿道九里市任昌洞 671-1 號
  경기도 구리시 인창동 671-1
- 🚇 地鐵京義中央線九里站（구리역） 1 號出口
- ☎ 031-551-7004
- 🕐 10:00 - 24:00

⑥ 梨泰院站

柳演錫 | 유연석
Lua Loungel 루아라운지
- ♀ 首爾特別市龍山區梨泰院洞 127-1 號 6 至 8 樓
  서울특별시 용산구 이태원동 127-1 6~8 층
- 🚇 地鐵 6 號線梨泰院站（이태원역） 3 號出口
- ☎ 02-797-1237
- 🕐 平日 18:00 - 02:00, 週末 18:00 - 04:00

* 以上資料以 2017 年 5 月為準。

8.4 人氣新潮小食
인기 있는 간식

藍梅山雪糕 /
베리마운틴
pair.lee.媽.oon.天
be.ri.ma.un.tin

King Kong 窩夫 /
킹콩와플
king.cone.哇.pool
king.kong.wa.peul

吉拿棒 /
츄러스
(痴-you).raw.sue
chyu.reo.seu

薯絲炸蝦卷 /
감자말이새우튀김
琴.炸.罵.lee.些.嗚.(too-we).劍
gam.ja.ma.ri.sae.u.twi.gim

蜂蜜葡萄柚 /
꿀자몽
gool.炸.夢
kkul.ja.mong

炸雞薯條窩捲 /
치킨와콘
痴.keen.哇.corn
chi.kin.wa.kon

炸魷魚 /
오짱
哦.憎
o.jjang

馬卡龍雪糕 /
마카롱 아이스크림
麻.卡.弄/ 亞.姨.sue.cream
ma.ka.rong/ a.i.seu.keu.rim

拌飯刨冰 /
비빔밥빙수
pee.beam.bulb.冰.sue
bi.bim.ppap.pping.su

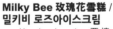

Milky Bee 玫瑰花雪糕 /
밀키비 로즈아이스크림
meal.key.bee/ raw.jew.亞.姨.sue.cream
mil.ki.bi/ ro.jeu.a.i.seu.keu.rim

Monster 爆谷雪糕 /
몬스터 팝콘 아이스크림
悶.sue.拖/ pub.corn/ 亞.姨.sue.cream
mon.seu.teo/ pap.kon/ a.i.seu.keu.rim

鯛魚燒雪糕 /
아이스크림 붕어빵
亞.姨.sue.cream/ 碰.柯.崩
a.i.seu.keu.rim/ bung.eo.ppang

炸醬刨冰 /
짜장빙수
渣.爭.冰.sue
jja.jang.bing.su

8.5 韓國餐桌禮儀
한국의 식사 예절

不能端起飯碗吃飯或喝湯

　　韓國的飯碗和湯碗一般以瓷或不鏽鋼製成，所以端著會比較重。另外，也有一說是韓國人認為端起飯碗吃飯像乞丐「討飯」的行為，所以就算是喝湯也會用湯匙一口一口喝掉。

以湯匙舀飯和湯

　　韓國人習慣以湯匙舀飯和湯，以筷子來夾取餸菜，並不能同時間用筷子和湯匙，所以要把菜夾到飯碗裡或嘴巴裡，然後把筷子放在桌子上，再拿起湯匙吃飯，切忌把筷子或湯匙插在碗裡，也不能一隻手同時拿著筷子和湯匙交替使用。

沒有使用公筷的習慣

　　除了一些比較大鍋的食物會提供大的湯匙外，一般都會用自己的餐具直接從鍋裡夾取餸菜或舀湯。

吃飯的時候保持安靜

　　吃飯的時候發出聲音是沒有禮貌的行為，避免發出咀嚼食物、喝湯、餐具踫撞等聲音；簡單的談話是可以的，但也要盡量低聲；如果嘴巴裡面有食物的時候，就避免說話。

保持乾淨

　　盡量保持餐桌乾淨，夾菜時不要用筷子翻來翻去，離自己遠的菜就請別人幫忙夾。挑出的骨頭、魚刺等別被旁人看見，要悄悄地用紙包好再丟掉。吃炸雞、燉雞、排骨等料理時，一般都會有放骨頭的小筒子，那麼就可以把骨頭放進小筒子裡。咳嗽或打噴嚏的時候，要轉頭並用紙巾或手帕掩口。

長輩先就座及先用餐

　　要讓長輩先就座於離門口最遠最舒適的位置，年紀最小或地位最低的要坐在近門口，也要負責倒水、倒酒、拿小菜等事情。吃飯之前要等長輩拿起餐具之後才可以開始用餐，同時，也不能比長輩早完成用餐，吃飯速度要和長輩相約，不能太快也不能太慢，要等長輩放下餐具表示完成用饍後才可以放下自己的餐具。無論是酒、茶、水或其他飲品，也要先盛給長輩，然後才給自己。長輩要先喝一口，其他人才可以開始喝。

長輩給的酒或食物都要接受

　　如果長輩給你倒酒，要以雙手拿酒杯表示恭敬，也不能拒絕接酒，就算是不能喝酒，第一杯酒是一定要喝的，這是必需的禮儀，實在不能喝的話也要把酒接過來，喝一小口或者嘴巴輕輕踫杯子。喝酒的時候，長輩先喝，也不能面對長輩喝，要把臉轉過去或側身喝（也就是長輩的相反方向），喝完要説謝謝。

杯裡有酒不能添酒

　　只要杯裡還有酒也不能倒酒，要等對方把酒喝光才可以幫對方倒酒，倒酒也不能太滿，大概八成滿就可以。

用餐後習慣自己收拾餐具

　　有一些半自助式的食堂，用餐前要自己拿餐具，用餐後也要把餐具放在餐具回收的地方。一般多是學生飯堂、員工飯堂等食店。但如果去咖啡室，幾乎所有人都會把吃完的東西或喝完的飲料分類丟掉，並把盤子收拾好，這可是韓國人自發性的行為，很值得大家學習啊！

觀光

第 9 課

9.1 購買入場票
입장표 사기

慳姑 : 這裏是售票處，對吧？

한구: 여기 매표소 맞죠?

yaw.gi/ 咩.(pee-all).梳/ 襪.詛
yeo.gi/ mae.pyo.so/ mat.jjyo

職員 : 是，您要買什麼票呢？

직원: 네, 어떤 표를 사시겠어요？

呢/ 哦.don/ (pee-all).rule/ 沙.思.嘅.梳.唷
ne/ eo.tteon/ pyo.reul/ sa.si.ge.sseo.yo

慳姑 ： 我兒子 12 歲，應該買青少年票嗎？

한구 : 우리 아들은 12 살인데
청소년 표로 사야 돼요 ?

嗚.lee/ 亞.do.ruin/ yol.do/ 沙.連.爹/
倉.梳.(knee-安)/ (pee-all).raw/ 沙.也/ (to-where).唷

u.ri/ a.deu.reun/ yeol.ttu/ sa.rin.de/ cheong.so.nyeon/
pyo.ro/ sa.ya/ dwae.yo

職員 ： 不是的，是小童票。

직원 : 아니요 , 어린이 표입니다 .

亞.knee.唷/ 哦.lee.knee/ (pee-all).炎.knee.打

a.ni.yo/ eo.ri.ni/ pyo.im.ni.da

慳姑 ： 那麼，請給我兩張大人票和一張小童票。❶

한구 : 그러면 어른 2 장하고 어린이 1 장 주세요 .

cool.raw.(咪-安)/ 哦.ruin/ to/ 爭.哈.個/ 哦.lee.knee/ 慳/ 爭/ choo.些.唷

geu.reo.myeon/ eo.reun/ du/ jang.ha.go/ eo.ri.ni/ han/ jang/ ju.se.yo

---

職員 ： 知道了。一共七千五百韓圓。

직원 : 알겠습니다 . 모두 7,500 원입니다 .

嗌.get.sym.knee.打/
磨.do/ chill.(初-安).哦.啤/ (過-安).炎.knee.打

al.get.sseum.ni.da/ mo.du/ chil.cheon.o.bae/ gwon.im.ni.da

慳姑 ： 是，在這裏。

한구 : 네 , 여기 있어요 .

呢/ yaw.gi/ 易.梳.唷

ne/ yeo.gi/ i.sseo.yo

替換句

①

請給我 兩張 大人票 及 一張 小童票。

어른 **2** 장하고 어린이 **1** 장 주세요 .

【哦.ruin/ to/ 爭.哈.個/ 哦.lee.knee/ 慳/ 爭/choo.些.唷】

eo.reun/ du/ jang.ha.go/ eo.ri.ni/ han/ jang/ ju.se.yo

替換：只要把黃色部分代入想買的【門票】就可以了！
藍色部分請參考 P.125 替換詞彙【數量】。

知多點

「하고」是「和」的意思，用來連接兩個或以上的名詞。

替換詞彙【門票】

一般 ｜ 일반	大人（19-64 歲）｜	大人（19-64 歲）｜
ill.班	어른	대인
il.ban	哦.ruin	tare.in
	eo.reun	dae.in

成人（19-64 歲）｜	小童（7-12 歲）｜	小童（7-12 歲）｜
성인	어린이	소인
song.in	哦.lee.knee	梳.in
seong.in	eo.ri.ni	so.in

青少年（13-18 歲）｜	學生 ｜ 학생	團體 ｜ 단체
청소년	黑腥	彈.車
倉.梳.(knee-安)	hak.saeng	dan.che
cheong.so.nyeon		

軍人 ｜ 군인	全日票 ｜ 종일권	下午票 ｜ 오후권
cool.年	從.ill.(過-安)	哦.who.(過-安)
gu.nin	jong.il.gwon	o.hu.gwon

備註：請延伸參考本書第 40 頁關於數字的説明。

9.2 拍照用語
사진 찍기

慳姑 : 不好意思，請問可以幫我拍照嗎？ ❶
한구 : 저기요 , 사진 좀 찍어 주시겠어요 ?
錯.gi.唷/ 沙.煎/ joom/ 知.哥/ choo.思.嘅.梳.唷
jeo.gi.yo/ sa.jin/ jom/ jji.geo/ ju.si.ge.sseo.yo

韓國人 : 是，當然可以。
한국인 : 네 , 그럼요 .
呢/ cool.rom.唷
ne/ geu.reom.nyo

慳姑 ： 按這裏就可以了。
한구： 여기 누르시면 돼요.
yaw.gi/ noo.rule.思.(咪-安)/ (to-where).唷
yeo.gi/ nu.reu.si.myeon/ dwae.yo

韓國人 ： 知道了。一、二、三，
Kimchi（笑一下的意思），請確認一下照片。
한국인： 알겠어요. 하나, 둘, 셋…김치.
확인해 보세요.
嗌.嘅.梳.唷/ 哈.那/ tool/ set…鉗.痴/
(who-哇).見.hair/ 破.些.唷
al.ge.sseo.yo/ ha.na/ dul/ set…gim.chi/
hwa.gin.hae/ bo.se.yo

慳姑 ： 照片好像有點模糊，請您替我多拍一張。❷
한구： 사진 좀 흔들렸나봐요. 한 장 더 찍어 주세요.
沙.煎/ joom/ hoon.do.(lee-安).那.吧.唷/ 慳/ 爭/ 妥/ 知.哥/ choo.些.唷
sa.jin/ jom/ heun.deul.lyeon.na.bwa.yo/ han/ jang/ deo/ jji.geo/ ju.se.yo

韓國人 ： 知道了。一、二、三，拍好了。
한국인： 알겠어요. 하나, 둘, 셋, 찍었어요.
嗌.嘅.梳.唷/ 哈.那/ tool/ set/ 知.哥.梳.唷
al.ge.sseo.yo/ ha.na/ dul/ set/ jji.geo.sseo.yo

慳姑 ： 照片很好看，謝謝！
한구： 잘 나왔어요. 감사합니다.
齊/ 啦.哇.梳.唷/ 琴.沙.堪.knee.打
jal/ la.wa.sseo.yo/ gam.sa.ham.ni.da

158

重要句

①

請問可以替我拍照嗎？

사진 좀 찍어 주시겠어요 ?

【沙.煎/ joom/ 知.哥/ choo.思.嘅.梳.唷】

sa.jin/ jom/ jji.geo/ ju.si.ge.sseo.yeo

替換句

②

請替我多拍一張。

한 장 더 찍어 주세요 .

【慳/ 爭/ 陀/ 知.哥/ choo.些.唷】

han/ jang/ deo/ jji.geo/ ju.se.yo

換：只要把黃色部分代入【數量】就可以了！請參考 P.47 替換詞彙【數字 2】。

159

9.3 觀光場所詞彙
관광지에서 쓰는 말

替換詞彙【旅遊場所】

中文	韓文	羅馬拼音	諧音（粵語、英語）
博物館	박물관	bang.mul.gwan	朋.mool.慣
美術館	미술관	mi.sul.gwan	咪.sool.慣
故宮	고궁	go.gung	call.宮
民俗村	민속촌	min.sok.chon	面.叔.春
壁畫村	벽화 마을	byeo.kwa/ ma.eul	(pee-all).誇/ 罵.ool
動物園	동물원	dong.mu.rwon	同.moo.ron
植物園	식물원	sing.mu.rwon	sing.moo.ron
水族館	수족관	su.jok.kkwan	sue.足.關
主題樂園	놀이공원	no.ri.gong.won	挪.lee.共.won
公園	공원	gong.won	窮.won
滑雪場	스키장	seu.ki.jang	sue.key.贈
度假村（Resort）	리조트	re.jo.teu	lee.助.too
酒店	호텔	ho.tel	呵.tell
百貨公司	백화점	bae.kwa.jeom	劈.誇.jom

中文	韓文	羅馬拼音	諧音（粵語、英語）
免稅店	면세점	myeon.se.jeom	(咪-安).些.jom
超級市場（Mart）	마트	ma.teu	媽.too
超級市場（Supermarket）	슈퍼마켓	syu.peo.ma.ket	(see-you).破.媽.cat
傳統市場	전통시장	jeon.tong.si.jang	(錯-安).通.思.贈
水產市場	수산시장	su.san.si.jang	sue.山.思.贈
夜店（Club）	클럽	keul.leop	cool.lop
卡啦 OK	노래방	no.rae.bang	挪.哩.崩
汗蒸幕	찜질방	jjim.jil.bang	占.jill.崩
咖啡室	커피숍	keo.pi.syop	call.pee.shop
餐廳	식당	sik.ttang	seek.燈
泳灘	해수욕장	hae.su.yok.jjang	hair.sue.郁.爭
寺廟	절	jeol	choll
書店	서점	seo.jeom	梳.jom

替換詞彙【一般場所】

中文	韓文	羅馬拼音	諧音（粵語、英語）
銀行	은행	eun.haeng	oon.輕
提款機（ATM）	현금 자동 입출금기	hyeon.geum/ ja.dong/ ip.chul.geum.gi	(嘻-安).goom/ 查.動/ 葉.chul.goom.gi
郵局	우체국	u.che.guk	嗚.車.局
便利店	편의점	pyeo.ni.jeom	(pee-all).knee.jom
戲院、劇場	극장	geuk.jjang	cook.爭
醫院	병원	byeong.won	(pee-yawn).won
藥房	약국	yak.kkuk	喫.谷
大學	대학교	dae.hak.kkyo	tare.黑.(gi-yaw)

替換詞彙【釜山及慶州主要景點】

中文	韓文	羅馬拼音	諧音（粵語、英語）
海雲臺海水浴場	해운대해수욕장	hae.un.dae. hae.su.yok.jjang	hair.oon.爹.hair.sue.肉.爭
APEC 世峰樓	누리마루 APEC 하우스	nu.ri.ma.ru.apec. ha.u.seu	noo.lee.媽.rule.apec.house
釜山水族館	부산아쿠아리움	bu.san.a.ku.ri.um	pool.山.亞.cool.lee.oom
迎月嶺	달맞이고개	dal.ma.ji.go.gae	提.媽.至.個.嘅
廣安里海水浴場	광안리해수욕장	gwang.al.li. hae.su.yok.jjang	逛.亞.lee.hair.sue.肉.爭

中文	韓文	羅馬拼音	諧音（粵語、英語）
廣安大橋	광안대교	gwang.an.dae.gyo	逛.晏.爹.(gi-yaw)
龍頭山公園	용두산공원	yong.du.san.gong.won	用.do.山.共.won
光復洞時尚街	광복동패션거리	gwang.bok.ttong. pae.syeon.geo.ri	逛.卜.冬. pair.sean.個.lee
BIFF 廣場	BIFF 광장	biff.gwang.jang	biff.逛.贈
國際市場	국제시장	guk.jje.si.jang	cook.姐.是.贈
札嘎其市場	자갈치시장	ja.gal.chi.si.jang	查.介.痴.是.贈
甘川洞文化村	감천동문화마을	gam.cheon.dong. mun.hwa.ma.eul	琴.(初-安).洞. 門.(who-哇).罵.ul
多大浦夢幻夕陽噴泉	다대포 꿈의 낙조분수	da.dae.po/ kku.me/ nak.jjo.bun.su	他.爹.pore/ 姑.咩/ (拿-握).助.半.sue
太宗臺遊園區	태종대유원지	tae.jong.dae.yu.won.ji	tare.中.爹.you.won.至
瞻星臺	첨성대	cheom.seong.dae	chom.桑.爹
大陵苑	대릉원	dae.reung.won	tare.lone.won
石窟庵	석굴암	seok.kku.ram	索.姑.林
佛國寺	불국사	bul.guk.ssa	pool.谷.沙
新羅千年公園	신라밀레니엄파크	sil.la.mil.le.ni.eom.pa.keu	是.啦.咪.哩.knee.om.趴.cool
慶州民俗工藝村	경주민속 공예촌	gyeong.ju.min.sok. kkong.ye.chon	(key-yawn).jew.面.叔. 公.夜.春

觀光

替換詞彙【濟州島主要景點】

中文	韓文	羅馬拼音	諧音（粵語、英語）
翰林公園	한림공원	hal.lim.gong.won	哈.leam.共.won
龍頭岩	용두암	yong.du.am	用.do.arm
東門傳統市場	동문전통시장	dong.mun.jeon.tong.si.jang	同.門.john.通.是.贈
山君不離	산굼부리	sam.gum.bu.ri	三.goom.bully
榧子林	비자림	bi.ja.rim	pee.炸.leam
萬丈窟	만장굴	man.jang.gul	萬.贈.gool
漢拏山國立公園	한라산국립공원	hal.la.san.gung.nip.kkong.won	哈.啦.山.共.nip.公.won
山房窟寺	산방굴사	san.bang.gul.ssa	山.崩.劮.沙
中文觀光園區	중문관광단지	jung.mun.gwan.gwang.dan.ji	從.moon.慣.轟.但.至
天帝淵瀑布	천제연폭포	cheon.je.yeon.pok.po	(初-安).姐.yon.撲.pore
涉地可支	섭지코지	seop.jji.ko.ji	sop.之.call.至
城山日出峰	성산일출봉	seong.sa.nil.chul.bong	桑.山.ill.chool.bone
牛島	우도	u.do	嗚.多
馬羅島	마라도	ma.ra.do	罵.啦.多
濟州愛情樂園	제주러브랜드	je.ju.reo.beu.raen.deu	斜.jew.raw.bull.rend.do
濟州民俗村博物館	제주민속촌박물관	je.ju.min.sok.chon.bang.mul.gwan	斜.jew.面.叔.春.崩.mool.慣
海女博物館	해녀박물관	hae.nyeo.bang.mul.gwan	hair.(knee-all).崩.mool.慣
泰迪熊野生動物園	테디베어사파리	te.di.be.eo.sa.pa.ri	teddy.啤.哦.沙.趴.lee
濟州玻璃城	제주유리의성	je.ju.yu.ri.e.seong	斜.jew.yuri.夜.桑

替換詞彙【滑雪場】

中文	韓文	羅馬拼音	諧音（粵語、英語）
Alpensia 度假村	알펜시아리조트	al.pen.si.a.ri.jo.teu	嗌.pen.是.亞.lee.助.too
龍平度假村	용평리조트	yong.pyeong.ri.jo.teu	用.(pee-yawn).lee.助.too
High1 度假村	하이원리조트	ha.i.won.ri.jo.teu	嗨.won.lee.助.too
O2 度假村	오투리조트	o.tu.ri.jo.teu	哦.too.lee.助.too
鳳凰公園度假村	휘닉스파크리조트	hwi.nik.sseu.pa.keu.ri.jo.teu	(who-we).nick.sue.趴.cool.lee.助.too
Welli Hilli 度假村	웰리힐리리조트	wel.li.hil.ri.jo.teu	well.lee.hill.lee.lee.助.too
韓松奧麗度假村	한솔오크밸리리조트	han.so.ro.keu.bael.li.ri.jo.teu	慳.saw.raw.cool.belly.lee.助.too
維瓦爾第公園度假村	비발디파크리조트	bi.bal.di.pa.keu.ri.jo.teu	pee.bile.哋.趴.cool.lee.助.too
Elysian 江村度假村	엘리시안강촌리조트	el.li.si.an.gang.chon.ri.jo.teu	elly.是.晏.gown.春.lee.助.too
昆池岩度假村	곤지암리조트	gon.ji.am.ri.jo.teu	koon.至.arm.lee.助.too
陽智松林度假村	양지파인리조트	yang.ji.pa.in.ri.jo.teu	young.至.趴.in.lee.助.too
熊城度假村	베아스타운리조트	be.a.seu.ta.un.ri.jo.teu	pair.亞.sue.town.lee.助.too
芝山森林度假村	지산포레스트리조트	ji.san.po.re.seu.teu.ri.jo.teu	似.山.pore.rest.too.lee.助.too

郵局

第10課

慳姑 ： 我想寄這個包裹。[1]

한구 ： 이 소포를 보내고 싶은데요 .

易/ 梳.棵.rule/ 破.呢.個/ 思.潘.爹.唷
i/ so.po.reul/ bo.nae.go/ si.peun.de.yo

職員 ： 要寄去哪裏？

직원 ： 어디로 보내시겠어요 ?

哦.啲.raw/ 破.呢.思.嘅.梳.唷
eo.di.ro/ bo.nae.si.ge.sseo.yo

慳姑 ：（寄）香港。 **②**
한구: 홍콩이요.
空.cone.易.唷
hong.kong.i.yo

職員 ： 您要用船運還是空郵郵寄呢？
직원: 배로 보내시겠어요 ?
비행기로 보내시겠어요 ?
pair.raw/ 破.呢.思.嘅.梳.唷/
pee.輕.gi.raw/ 破.呢.思.嘅.梳.唷
bae.ro/ bo.nae.si.ge.sseo.yo/
bi.haeng.gi.ro/ bo.nae.si.ge.sseo.yo

慳姑 ： 請用國際快遞寄出。 **③**
한구: EMS로 보내 주세요.
E.M.S.raw/ 破.呢/ choo.些.唷
E.M.S.ro/ bo.nae/ ju.se.yo

職員 ： 是，請在這裏寫上收件人姓名和地址，
직원: 네 , 여기에 받는 분 성함과 주소를 쓰시고
呢/ yaw.gi.air/ 盼.noon/ 半/ 桑.堪.瓜/ choo.梳.rule/ sue.思.個
ne/ yeo.gi.e/ ban.neun/ bun/ seong.ham.gwa/ ju.so.reul/ sseu.si.go

然後把包裏放在秤上。
저울 위에 올려 주세요 .
錯.ul/ we.air/ 哦.(lee-all)/ choo.些.唷
jeo.ul/ wi.e/ ol.lyeo/ ju.se.yo

裏面裝了什麼東西呢？
안에 뭐가 들어 있어요 ?
亞.呢/ 麼.加/ to.raw/ 易.梳.唷
a.ne/ mwo.ga/ deu.reo/ i.sseo.yo

169

慳姑 ： 裏面裝的是衣服。費用是多少呢？ ④
한구： 옷이 들어 있어요 . 요금이 얼마예요 ?
哦.思/ to.raw/ 易.梳.嗬/ 唷.姑.咪/ ol.媽.夜.嗬
o.si/ deu.reo/ i.sseo.yo/ yo.geu.mi/ eol.ma.ye.yo

職員 ： 二萬一百韓圜。
직원： 20,100 원이에요 .
易.萬/ 劈/ won.knee.夜.嗬
i.man/ bae/ gwo.ni.e.yo

慳姑 ： 需要多久時間？
한구： 얼마나 걸려요 ?
ol.媽.娜/ call.(lee-all).嗬
eol.ma.na/ geol.lyeo.yo

職員 ： 二至四天。沒關係嗎？
직원： 2 일에서 4 일 걸립니다 . 괜찮으시겠요 ?
易.易.哩.梳/ 沙.ill/ call.leam.knee.打/
(coll-when).差.noo.思.嗰.梳.嗬
i.i.re.seo/ sa.il/ geol.lim.ni.da/ gwaen.cha.neu.si.ge.sseo.yo

慳姑 ： 是，好的。
한구： 네 , 좋아요 .
呢/ 嘈.亞.嗬
ne/ jo.a.yo

替換句

①

我想寄這個包裹。

이 소포 <을/를>* 보내고 싶은데요 .

【易/ 梳.楳.<ul/rule>*/ 破.呢.個/ 思.潘.爹.唷】

i/ so.po.<eul/reul>*/ bo.nae.go/ si.peun.de.yo

替換：只要把黃色部分代入你要寄的【郵件】就可以了！

*<을/를> 是助詞，於口語中可以省略，發音較困難的話可以不用說。

替換詞彙【郵件】

包裹 | 소포
梳.楳
so.po

文件 | 서류
梳.(lee-you)
seo.ryu

明信片 | 엽서
yop.梳
yeop.sseo

信件 | 편지
(pee-安).志
pyeon.ji

替換句

②

香港。

홍콩이요 .

【空.cone.易.唷】

hong.kong.i.yo

替換：只要把黃色部分代入你要寄去的【地區】就可以了！

請參考 P.29 - 30 替換詞彙【地區】。

替換句

③

請用國際快遞寄出。

EMS로 보내 주세요 .

【EMS.raw/ 破.哩/ choo.些.唷】

EMS.ro/ bo.nae/ ju.se.yo

替換：只要把黃色部分代入【郵寄方式】就可以了！

替換詞彙【郵寄方式】

國際快遞 |EMS 로 /
국제특급우편으로

EMS.raw /
cook.姐.took.姑.bull.
(pee-all).noo.raw
EMS.ro /
guk.jje.teuk.kkeu.bu.
pyeo.neu.ro

空郵 | 항공편으로 /
비행기로

坑.共.(pee-all).noo.raw /
pee.輕.gi.raw
hang.gong.pyeo.neu.ro /
bi.haeng.gi.ro

船運 | 배편으로 /
배로

pair.(pee-all).noo.raw /
pair.raw
bae.pyeo.neu.ro / bae.ro

替換句

4

裝了衣服。

옷 〈이/가〉* 들어 있어요.

【wood.<易/嫁>*/ too.raw/ 易.梳.唷】

ot.<i/ga>*/ deu.reo/ i.sseo.yo

替換：只要把黃色部分代入包裹裏的東西就可以了！
請參考〈7.1 買東西〉的替換詞彙。
*<이/가>是助詞，於口語中可以省略，發音較困難的話可以不用説。

10.2 EMS 價格表
EMS 요금표田

文件類收費（韓圜）

重量 중량 (公斤)	地區 1 1 지역	地區 2 2 지역	地區 3 3 지역	地區 4 4 지역	特定地區 1 （日本） 특정 1 지역 (일본)	特定地區 2 （香港、 新加坡） 특정 2 지역 (홍콩, 싱가포르)	特定地 區 3 （中國） 특정 3 지역 (중국)	特定地 區 4 （澳洲） 특정 4 지역 (호주)	特定地 區 5 （美國） 특정 5 지역 (미국)	特定地區 6 （俄羅斯） 특정 6 지역 (러시아)
0.3	15,200	15,500	18,100	18,900	11,800	11,800	11,800	17,800	20,600	18,000
0.5	17,500	18,000	20,500	22,800	13,600	13,600	13,600	20,300	23,700	20,400
0.75	19,100	21,000	24,600	26,700	14,900	14,900	14,900	24,400	25,600	24,400
1	20,700	21,600	28,700	30,600	16,300	16,300	16,300	28,500	27,600	28,500
1.25	22,700	25,100	34,100	36,300	18,000	18,000	18,000	32,900	32,800	33,900
1.5	24,600	28,600	39,600	42,100	19,800	19,800	19,800	37,800	38,000	39,400
1.75	25,900	31,300	45,700	47,700	21,400	21,400	21,400	42,100	41,900	45,400
2	27,500	34,600	51,700	53,400	23,100	23,100	23,100	46,400	45,800	51,300

非文件類收費（韓圜）

重量 중량 (公斤)	地區 1 1 지역	地區 2 2 지역	地區 3 3 지역	地區 4 4 지역	特定地區 1 （日本） 특정 1 지역 (일본)	特定地區 2 （香港、 新加坡） 특정 2 지역 (홍콩, 싱가포르)	特定地區 3 （中國） 특정 3 지역 (중국)	特定地區 4 （澳洲） 특정 4 지역 (호주)	特定地 區 5 （美國） 특정 5 지역 (미국)	特定地區 6 （俄羅斯） 특정 6 지역 (러시아)
0.5	18,500	19,000	25,100	28,600	17,900	18,100	18,100	21,500	27,600	24,900
0.75	19,900	21,000	28,600	32,400	18,800	19,100	19,200	25,100	32,600	28,500
1	21,300	23,000	32,300	36,300	19,800	20,100	20,300	28,600	37,700	32,200
1.25	23,000	26,000	37,200	41,300	21,000	21,500	21,600	33,400	43,000	37,000
1.5	24,700	29,100	42,100	46,300	22,100	22,900	23,000	38,100	48,300	41,900
1.75	26,400	32,000	47,100	51,300	23,700	24,400	24,500	42,300	54,200	46,800
2	28,100	34,900	52,100	56,400	25,200	26,000	26,100	46,700	60,200	51,700
2.5	30,100	38,000	55,700	64,000	26,600	27,800	27,800	54,000	64,600	55,300
3	32,300	41,300	59,200	71,900	27,900	29,500	29,300	57,200	68,900	58,900
3.5	34,300	44,300	63,000	79,700	29,300	31,300	30,900	60,400	73,300	62,400
4	36,300	47,400	66,400	87,400	30,600	33,000	32,400	63,400	77,800	66,000
4.5	38,300	50,500	70,000	95,300	31,900	34,800	34,100	66,500	82,200	69,700
5	40,400	53,700	73,500	103,000	33,200	36,500	35,700	69,700	86,500	73,100
5.5	42,300	56,700	77,200	110,800	34,600	38,300	37,300	72,800	90,900	76,700
6	44,400	59,800	80,800	118,500	35,900	40,100	38,900	75,800	95,400	80,100
6.5	46,400	63,100	84,300	126,300	37,200	41,900	40,400	79,100	99,800	83,900
7	48,600	66,100	87,900	134,100	38,400	43,600	42,000	82,200	104,100	87,400
7.5	50,500	69,200	91,500	141,900	39,600	45,400	43,600	85,100	108,500	90,900
8	52,500	72,400	95,100	149,600	41,000	47,200	45,100	88,200	113,000	94,400
8.5	54,500	75,300	98,700	157,400	42,300	48,900	46,800	91,400	117,400	98,200
9	56,600	78,400	102,300	165,100	43,700	50,700	48,300	94,400	121,700	101,600

重量 中量 (公斤)	地區1 1 지역	地區2 2 지역	地區3 3 지역	地區4 4 지역	特定地區1 （日本） 特定1 지역 (일본)	特定地區2 （香港、 新加坡） 特定2 지역 (홍콩， 싱가포르)	特定地區3 （中國） 特定3 지역 (중국)	特定地區4 （澳洲） 特定4 지역 (호주)	特定地區5 （美國） 特定5 지역 (미국)	特定地區6 （俄羅斯） 特定6 지역 (러시아)
9.5	58,600	81,500	105,800	173,000	45,000	52,400	50,000	97,600	126,100	105,200
10	60,700	84,800	109,500	180,700	46,300	54,100	51,600	100,800	130,600	108,800
10.5	62,700	87,800	113,100	188,500	47,600	55,900	53,100	103,900	134,900	112,300
11	64,800	90,900	116,600	196,300	49,000	57,700	54,800	106,900	139,300	115,900
11.5	66,700	94,100	120,200	204,000	50,300	59,500	56,200	110,100	143,700	119,400
12	68,800	97,100	123,900	211,700	51,600	61,200	57,900	113,200	148,200	123,000
12.5	70,800	100,200	127,400	219,600	52,900	63,100	59,500	116,200	152,600	126,600
13	72,900	103,500	131,000	227,300	54,100	64,800	60,900	119,400	157,000	130,000
13.5	75,000	106,500	134,600	235,200	55,500	66,500	62,500	122,600	161,500	133,800
14	76,900	109,600	138,100	242,900	56,800	68,300	64,000	125,600	165,900	137,300
14.5	79,100	112,800	141,800	250,600	58,200	70,000	65,800	128,700	170,200	140,800
15	81,000	115,900	145,300	258,400	59,500	71,800	67,400	131,900	174,600	144,300
15.5	82,900	118,800	148,900	266,200	60,800	73,500	68,900	134,900	179,100	148,100
16	85,000	121,900	152,400	273,900	62,100	75,300	70,500	137,900	183,500	151,500
16.5	87,200	125,200	156,200	281,800	63,400	77,000	72,000	141,200	187,800	155,100
17	89,200	128,200	159,600	289,500	64,800	78,900	73,700	144,300	192,200	158,700
17.5	91,200	131,300	163,300	297,300	66,100	80,700	75,300	147,300	196,700	162,200
18	93,100	134,500	166,800	305,000	67,400	82,400	76,800	150,400	201,100	165,800
18.5	95,300	137,500	170,500	312,800	68,700	84,100	78,400	153,600	205,400	169,300
19	97,200	140,600	174,000	320,700	70,000	85,900	79,900	156,600	209,800	172,900
19.5	99,300	143,700	177,700	328,400	71,300	87,700	81,500	159,700	214,300	176,500
20	101,400	147,000	181,100	336,100	72,700	89,400	83,300	163,000	218,700	179,900
20.5	103,500	150,000	184,800	343,900	74,000	91,200	84,800	166,100	223,000	183,700
21	105,400	153,100	188,400	351,600	75,300	92,900	86,400	169,100	227,400	187,200
21.5	107,400	156,300	192,000	359,500	76,600	94,700	87,900	172,300	231,900	190,700
22	109,500	159,300	195,500	367,200	77,900	96,600	89,500	175,400	236,200	194,200
22.5	111,500	162,400	199,200	375,000	79,300	98,300	91,200	178,300	240,600	198,000
23	113,600	165,500	202,700	382,900	80,600	100,000	92,700	181,500	245,100	201,400
23.5	115,600	168,600	206,400	390,500	81,900	101,700	94,300	184,700	249,600	205,000
24	117,600	171,700	209,800	398,200	83,200	103,600	95,800	187,700	253,900	208,400
24.5	119,700	174,900	213,500	406,100	84,500	105,300	97,400	190,800	258,300	212,100
25	121,100	176,700	217,100	414,000	85,600	106,800	98,700	193,900	263,300	215,700
25.5	122,600	178,700	220,800	422,000	86,900	108,300	100,000	196,900	268,400	219,200
26	124,000	180,600	224,200	429,700	88,000	109,800	101,300	199,800	273,500	222,800
26.5	125,500	182,500	227,900	437,700	89,300	111,300	102,500	202,800	278,500	226,400
27	126,800	184,500	231,300	445,600	90,500	112,900	103,700	205,800	283,500	229,800
27.5	128,200	186,300	235,100	453,300	91,700	114,400	105,000	208,800	288,500	233,500
28	129,700	188,200	238,600	461,300	92,800	115,900	106,200	211,700	293,500	237,100
28.5	131,100	190,100	242,100	469,200	94,100	117,400	107,400	214,800	298,500	240,600
29	132,600	192,100	245,700	477,000	95,300	118,800	108,600	217,800	303,600	244,100
29.5	134,000	194,000	249,400	484,900	96,600	120,300	109,900	220,900	308,600	247,900
30	135,400	195,800	252,900	492,900	97,600	121,800	111,200	235,500	313,700	251,300

地區1：　寮國、澳門、馬來西亞、蒙古、緬甸、越南、柬埔寨、泰國、台灣、菲律賓

地區2：　尼泊爾、馬爾地夫、孟加拉、不丹、汶萊、斯里蘭卡、印度、印尼

地區3：　喬治亞、希臘、荷蘭、挪威、紐西蘭、丹麥、德國、拉脫維亞、羅馬尼亞、盧森堡、馬其頓共和國、巴林、比利時、白俄羅斯、波士尼亞與赫塞哥維納、保加利亞、沙烏地阿拉伯、賽普勒斯、瑞典、瑞士、西班牙、斯洛伐克、斯洛維尼亞、阿拉伯聯合大公國、亞美尼亞、愛爾蘭、亞塞拜然、阿爾巴尼亞、愛沙尼亞、英國、阿曼、奧地利、約旦、烏茲別克斯坦、烏克蘭、伊朗、以色列、捷克共和國、哈薩克斯坦、卡塔爾、加拿大、克羅地亞、土耳其、巴基斯坦、葡萄牙、波蘭、法國、芬蘭、匈牙利

地區4：　尼日利亞、安的列斯（荷蘭）、多明尼加、盧旺達、墨西哥、摩洛哥、毛里求斯、博茨瓦納、巴西、阿根廷、阿爾及利亞、厄瓜多爾、埃塞俄比亞、埃及、贊比亞、吉布提、智利、佛得角、肯尼亞、哥斯大黎加、古巴、坦桑尼亞、突尼斯、巴拿馬、秘魯、斐濟

資料來源：ems.epost.go.kr/front.EmsDeliveryDelivery02.postal
網上查詢：ems.epost.go.kr/front.EmsDeliveryDelivery09.postal（英文版）

10.3 EMS 表格填寫
EMS 운송장 쓰기

EMS 表格都附有韓英對照，所以對外國人來說並不難填，記得必須填妥收件人和送件人的資料。

辦公時間：星期一至星期五 09:00 - 18:00

明洞　서울중앙우체국

- 首爾特別市中區小公路 70（忠武路 1 街）
  서울특별시중구소공로 70 (충무로 1 가)
- 地鐵 4 號線明洞站（명동역）5 號出口步行約 5 分鐘

東大門　서울을지로 6 가우체국

- 首爾特別市中區乙支路 228（乙支路 5 街）
  서울특별시중구을지로 228 (을지로 5 가)
- 地鐵 2 號線東大門歷史文化公園站（동대문역사문화공원역）12 號出口步行約 5 分鐘

首爾站　서울역전우체국

- 首爾特別市中區統一路 21（蓬萊洞 2 街）
  서울특별시중구통일로 21 (봉래동 2 가)
- 地鐵 1 號線首爾站（서울역）2 號出口步行約 3 分鐘

江南　서울역삼우성취급국

- 首爾特別市江南區 Teheran 路 4 街 46（驛三洞）
  서울특별시강남구테헤란로 4 길 46 (역삼동)
- 地鐵新盆唐線江南站（강남역）4 號出口步行約 2 分鐘；或 2 號線江南站 2 號出口步行約 5 分鐘

新沙洞　서울잠원한신우편취급국

- 首爾特別市瑞草區江南大路 95 街 41（蠶院洞）
  서울특별시서초구강남대로 95 길 41 (잠원동)
- 地鐵 3 號線新沙站（신사역）4 號出口步行約 5 分鐘

景福宮　서울통의동우체국

- 首爾特別市鐘路區紫霞門路 30（通義洞）
  서울특별시종로구자하문로 30 (통의동)
- 地鐵 3 號線景福宮站（경복궁역）3 號出口直行

安國站　서울안국동우체국

- 首爾特別市鐘路區栗谷路 49（安國洞）
  서울특별시종로구율곡로 49 (안국동)
- 地鐵 3 號線安國站（안국역）1 號出口

弘大　서울동교동우편취급국

- 首爾特別市麻浦區新村路 4 街 3（東橋洞）
  서울특별시마포구신촌로 4 길 3 (동교동)
- 地鐵京義中央線弘大入口站（홍대입구역）6 號出口步行約 3 分鐘

光化門　광화문우체국

- 首爾特別市鐘路區鐘路 6（瑞麟洞）
  서울특별시종로구종로 6 (서린동)
- 地鐵 5 號線光化門站（광화문역）5 號出口

緊急事故

第 11 課

11.1 看醫生
병원에서 치료 받기

醫生 ： 您哪裏不舒服？
의사 : 어떻게 오셨어요 ?
哦.多.care/ 哦.shot.梳.唷
eo.tteo.ke/ o.syeo.sseo.yo

慳姑 ： 肚子痛。❶
한구 : 배가 아파서 왔어요 .
pair.嫁/ 亞.趴.梳/ 話.梳.唷
bae.ga/ a.pa.seo/ wa.sseo.yo

醫生 ： 有肚瀉嗎？
의사 : 설사하셨어요 ?
sold.沙.哈.shot.梳.唷
seol.ssa.ha.syeo.sseo.yo

慳姑 ： 是，一直肚瀉。
한구 : 네 , 계속 설사했어요 .
呢/　騎.熟/ sold.沙.head.梳.唷
ne/　gye.sok/ sseol.ssa.hae.sseo.yo

醫生 ： 什麼時候開始那樣？
의사 : 언제부터 그러셨어요 ?
按.姐.boo.拖/ cool.raw.shot.梳.唷
eon.je.bu.teo/ geu.reo.syeo.sseo.yo

慳姑 ： 昨天開始。②
한구 : 어제부터요 .
哦.姐.boo.拖.唷
eo.je.bu.teo.yo

醫生 ： 您吃了什麼？
의사 : 무엇을 드셨어요 ?
moo.哦.sool/ to.shot.梳.唷
mu.eo.seul/ deu.syeo.sseo.yo

181

慳姑 ： 昨天晚上吃了很多生魚片。
한구 : 어젯밤에 회를 많이 먹었어요 .
哦.jet.爸.咩/ (who-where).rule/ 罵.knee/ 磨.哥.梳.唷
eo.jet.ppa.me/ hoe.reul/ ma.ni/ meo.geo.sseo.yo

醫生 ： 其他地方都沒事嗎？
의사 : 다른 데는 괜찮으신가요 ?
他.ruin/ 爹.noon/ (cool-when).差.noo.先.嫁.唷
da.reun/ de.neun/ gwaen.cha.neu.sin.ga.yo

慳姑 ： 是，只是肚子痛和肚瀉。
한구 : 네 , 배만 아프고 설사해요 .
呢/ pair.慢/ 亞.poo.個/ sold.沙.hair.唷
ne/ bae.man/ a.peu.go/ seol.ssa.hae.yo

醫生 ： 您吃錯東西了。
의사 : 음식을 잘못 드신건 가봐요 .
oom.思.gool/ 齊.mood/ do.先.幹/ 嫁.吧.唷
eum.si.geul/ jal.mot/ tteu.sin.geon/ ga.bwa.yo

我會給您藥方，請到藥房去配藥吧！
처방전을 드릴테니 약국에
가셔서 약을 받아 드세요 .
初.崩.助.nool/ to.real.tare.knee/ 喫.姑.嘅/
卡.shaw.梳/ 喫.gool/ 怕.打/ to.些.唷
cheo.bang.jeo.neul/ deu.ril.te.ni/ yak.kku.ge/
ga.syeo.seo/ ya.geul/ ba.da/ deu.se.yo

替換句

1-1

因肚子痛而來看醫生的。

배가 아파서 왔어요 .

【pair.嫁/ 亞.趴.梳/ 話.梳.唷】

bae.ga/ a.pa.seo/ wa.sseo.yo

替換：只要把黃色部分代入【看病原因】就可以了！

替換詞彙【看病原因】

肚痛 |
배가 아파서
pair.嫁/ 亞.趴.梳
bae.ga/ a.pa.seo

頭痛 |
머리가 아파서
麼.lee.嫁/ 亞.趴.梳
meo.ri.ga/ a.pa.seo

喉嚨痛 |
목이 아파서
磨.gi/ 亞.趴.梳
mo.gi/ a.pa.seo

感冒 |
감기에 걸려서
琴.gi.夜/ call.(leel-all).梳
gam.gi.e/ geol.lyeo.seo

頭暈 |
현기증이 나서
(嘻-安).gi.終.易/ 拿.梳
hyeon.gi.jeung.i/ na.seo

肚瀉 |
설사를 해서
soul.沙.rule/ hair.梳
seol.ssa.reul/ hae.seo

嘔吐 |
구토를 해서
cool.拖/rule/ hair.梳
gu.to.reul/ hae.seo

咳嗽 |
기침을 해서
key.痴.mool/ hair.梳
gi.chi.meul/ hae.seo

流鼻水 |
콧물이 나서
corn.moo.lee/ 拿.梳
kon.mu.ri/ na.seo

發燒 |
열이 나서
yaw.lee/ 拿.梳
yeo.ri/ na.seo

腿骨折 |
다리가 부러져서
他.lee.嫁/ pool.raw.座.梳
da.ri.ga/ bu.reo.jyeo.seo

過敏 |
알레르기가 있어서
亞.哩.rule.gi.加/ 易.梳.梳
al.le.reu.gi.ga/ i.sseo.seo

183

替換詞彙【看病原因】 病名和病徵

紅疹 | 발진 bal.箭 bal.jjin	食物中毒 | 식중독 適.中.篤 sik.jjung.dok	便祕 | 변비 (pee-安).bee byeon.bi
失眠症 | 불면증 pull.(咪-安).終 bul.myeon.jeung	搔癢 | 가려움 卡.(lee-all).oom ga.ryeo.um	暈眩 | 어지러움 哦.之.raw.oom eo.ji.reo.um
心臟病 | 심장병 seem.爭.(bee-yawn) sim.jang.byeong	糖尿病 | 당뇨병 騰.(knee-all).(bee-yawn) dang.nyo.byeong	高血壓 | 고혈압 call.(he-all).立 go.hyeo.rap
低血壓 | 저혈압 錯.(he-all).立 jeo.hyeo.rap	貧血 | 빈혈 片.(he-all) bin.hyeol	鼻炎 | 비염 pee.yom bi.yeom

替換句

1-2

因肚痛而來看醫生的。

배 〈이/가〉* 아파서 왔어요 .

【pair.〈易/嫁〉*/ 亞.趴.梳/ 話.梳.唷】

bae.〈i/ga〉*/ a.pa.seo/ wa.sseo.yo

替換：只要把黃色部分代入【身體部位】就可以了！

*〈이/가〉是助詞，於口語中可以省略，發音較困難的話可以不用説。

替換詞彙【身體部位】

肚 | 배 pair bae	頭 | 머리 麼.lee meo.ri	頸 / 喉嚨 | 목 木 mok
眼睛 | 눈 noon nun	鼻 | 코 call ko	嘴巴 | 입 葉 ip
牙齒 | 이 易 i	肩膀 | 어깨 哦.嘅 eo.kkae	胸 | 가슴 卡.sym ga.seum
手臂 | 팔 pal pal	手 | 손 soon son	腰 | 허리 呵.lee heo.ri
腿 | 다리 他.lee da.ri	腳 | 발 pal bal	皮膚 | 피부 pee.boo pi.bu

替換句

2

從昨天開始。

어제부터요 .

【哦.姐.boo.拖.唷】

eo.je.bu.teo.yo

替換：只要把黃色部分代入【時間 1】就可以了！
參考 P.90 - 91 的替換詞彙【時間 1】、【時間 2】、【時間 3】、【時間 4】。

11.2 藥房買藥
약국에서 약을 사기

慳姑 ： 有感冒藥嗎？ ❶
한구 ： 감기약이 있나요 ?
琴.gi.也.gi/ in.拿.唷
gam.gi.ya.gi/ in.na.yo

藥劑師 ： 是，有的。
약사 ： 네 , 있습니다 .
呢/ it.sym.knee.打
ne/ it.sseum.ni.da

慳姑 ： 請給我最好的感冒藥。

한구 : 가장 좋은 거로 주세요 .

卡.爭/ 曹.oon/ 個.raw/ choo.些.唷

ga.jang/ jo.eun/ geo.ro/ ju.se.yo

藥劑師 ： 請問您有發燒嗎？

약사 ： 혹시 열이 있으세요 ?

hook.思/ yaw.lee/ 易.sue.些.唷

hok.ssi/ yeo.ri/ i.sseu.se.yo

慳姑 ： 是，既發燒又流鼻水。

한구 : 네 , 열도 있고 콧물도 나요 .

呢/ yol.多/ it.哥/ corn.mool.多/ 拿.唷

ne/ yeol.tto/ it.kko/ kon.mul.tto/ na.yo

藥劑師 ： 那麼我推薦這款藥。

약사 ： 그럼 이 약으로 드릴게요 .

cool.rom/ 易/ 喫.姑.raw/ to.real.嘅.唷

geu.reom/ i/ ya.geu.ro/ deu.ril.kke.yo

慳姑 ： 好，那我就要這個吧！

한구: 네 , 주세요 .

呢/ choo.些.唷

ne/ ju.se.yo

藥劑師 ： 謝謝！請多休息啊！

약사 ： 감사합니다 . 약을 드시고 푹 쉬세요 .

琴.沙.堪.knee.打/ 喫.gool/ to.是.個/ 仆/ (sue-we).些.唷

gam.sa.ham.ni.da/ ya.geul/ deu.si.go/ puk/ swi.se.yo

187

替換句

①

有感冒藥嗎？

감기약 〈이 / 가〉* 있나요 ?

【琴.gi.喫.〈易/嫁〉*/ in.拿.唷】

gam.gi.yak.〈i/ga〉*/ in.na.yo

替換：只要把黃色部分代入【藥物名稱】就可以了！

*〈이/가〉是助詞，於口語中可以省略，發音較困難的話可以不用説。

替換詞彙【藥物名稱】

感冒藥 | 감기약 琴.gi.喫 gam.gi.yak	頭痛藥 | 두통약 to.通.喫 du.tong.nyak	止痛藥 | 진통제 錢.通.姐 jin.tong.je
咳嗽藥 | 기침약 key.簽.喫 gi.chim.nyak	消化劑 | 소화제 梳.(who-哇).姐 so.hwa.je	胃藥 | 위약 we.喫 wi.yak
退燒藥 | 해열제 hair.yol.姐 hae.yeol.je	暈浪藥 | 멀미약 mall.咪.喫 meol.mi.yak	便秘藥 | 변비약 (pee-安).bee.喫 byeon.bi.yak
經痛藥 | 생리통약 腥.knee.通.喫 saeng.ni.tong.nyak	維他命 | 비타민 pee.他.面 bi.ta.min	眼藥水 | 안약 晏.喫 an.nyak
止痛貼 | 파스 趴.sue pa.seu	燙傷藥 | 화상약 (who-哇).生.喫 hwa.sang.nyak	藥膏 | 연고 yon.個 yeon.go
膠布 | 반창고 밴드 盼.撐.個/ pander ban.chang.go/ baen.deu		

慳姑 TIPS

在韓國遇到意外受傷時，請撥打 119 叫救護車。如果到醫院看病，醫生多數會開處方（처방전【初.崩.john】），病人可憑處方到藥房自行配藥。一般感冒藥、止痛藥、退燒藥等則不需要處方也可以買到。

11.3 遺失物品
물건을 잃어버렸을 때

（在街上）

慳姑 ： 不好意思，有事想要拜託您。
한구 ： 저기요 , 죄송하지만 여쭤 볼게 있는데요 .
錯.gi.唷/　斜.送.哈.之.慢/ yaw.座/ bold.嘅/ in.noon.爹.唷
jeo.gi.yo/　joe.song.ha.ji.man/ yeo.jjwo/ bol.kke/ in.neun.de.yo

韓國人 ： 是，是什麼事呢？
한국인 ： 네 , 어떤거요 ?
呢/　哦.don.個.唷
ne/　eo.tteon.geo.yo

慳姑 ： 請問您知道警署在哪裏嗎？
한구 ： 경찰서가 어디에 있는지 알 수 있을까요？
(key-yawn).猜.梳.嫁/ 哦.喲.air/ in.noon.之/ al/ sue/ 易.sool.加.喲
gyeong.chal.seo.ga/ eo.di.e/ in.neun.ji/ al/ ssu/ i.sseul.kka.yo

韓國人 ： 是，沿着那邊大路行就有。
한국인 ： 네，저쪽 큰 길 따라가면 있어요．
呢/ 錯.足/ koon/ gill/ 打.啦.嫁.(咪-安)/ 易.梳.喲
ne/ jeo.jjok/ keun/ gil/ tta.ra.ga.myeon/ i.sseo.yo

慳姑 ： 我從香港來的，遺失了錢包，
한구 ： 홍콩에서 왔는데，
지갑을 잃어버려서 그런데
空.cone.air.梳/ 暈.noon.爹/
似.甲.bull/ 易.raw.破.(lee-all).梳/ cool.ron.爹
hong.kong.e.seo/ wan.neun.de/
ji.ga.beul/ i.reo.beo.ryeo.seo/ geu.reon.de

可以帶我去警署嗎？ ❶
경찰서까지 데려다 주실 수 있으세요？
(key-yawn).猜.梳.加.之/ tare.(lee-all).打/
choo.seal/ sue/ 易.sue.些.喲
gyeong.chal.seo.kka.ji/ de.ryeo.da/ ju.sil/ ssu/ i.sseu.se.yo

（在警署）

慳姑 ： 我遺失了錢包。 ❷
한구 ： 저는 지갑을 잃어버렸어요．
錯.noon/ 似.甲.bull/ 易.raw.破.(lee-all).梳.喲
jeo.neun/ ji.ga.beul/ i.reo.beo.ryeo.sseo.yo

警察 ： 在哪裏遺失的？

경찰： 어디에서 잃어버렸어요 ?

哦.喲.air.梳/ 易.raw.破.(lee-all).梳.喲

eo.di.e.seo/ i.reo.beo.ryeo.sseo.yo

慳姑 ： 不知道。好像是在路上遺失的。

한구： 잘 모르겠어요 . 길에서 잃어버린 것 같아요 .

齊/ 麼.rule.嘅.梳.喲/ key.哩.梳/ 易.raw.破.連/ 割/ 加.他.喲

jal/ mo.reu.ge.sseo.yo/ gi.re.seo/ i.reo.beo.rin/ geot/ kka.ta.yo

警察 ： 錢包裏面有什麼？

경찰： 안에 뭐가 들어 있었어요 ?

亞.呢/ 麼.嫁/ to.raw/ 易.梳.梳.喲

a.ne/ mwo.ga/ deu.reo/ i.sseo.sseo.yo

慳姑 ： 有現金和信用卡。[3]

한구： 현금하고 신용카드가 들어 있었어요 .

(嘻-安).goom.哈.個/ 先.用.carder.嫁/ to.raw/ 易.梳.梳.喲

hyeon.geum.ha.go/ sin.yong.ka.deu.ga/ deu.reo/ i.sseo.sseo.yo

警察 ： 有幾多張信用卡呢？

경찰： 신용카드가 몇 장 있었어요 ?

先.用.carder.嫁/ (咪-odd)/曾/ 易.梳.梳.喲

sin.yong.ka.deu.ga/ myeot/ jjang/ i.sseo.sseo.yo

慳姑　：有 3 張。
한구：3 장 있었어요 .
些/ 爭/ 易.梳.梳.唷
se/ jang/ i.sseo.sseo.yo

警察　：信用卡停止了嗎？
경찰：신용카드는 정지시켰어요 ?
先.用.carder.noon/ 床.志.思.(key-all).梳.唷
sin.yong.ka.deu.neun/ jeong.ji.si.kyeo.sseo.yo

慳姑　：是，已經停了。
한구：네 , 정지시켰어요 .
呢/ 床.志.思.(key-all).梳.唷
ne/ jeong.ji.si.kyeo.sseo.yo

警察　：有幾多現金呢？
경찰：현금은 얼마나 들어 있었어요 ?
(嘻-安).姑.moon/ ol.媽.那/ to.raw/ 易.梳.梳.唷
hyeon.geu.meun/ eol.ma.na/ deu.reo/ i.sseo.sseo.yo

慳姑　：約有十三萬韓圜。
한구：13 만 원쯤 있었어요 .
涉.三.萬/ won.joom/易.梳.梳.唷
sip.ssam.ma/ nwon.jjeum/ i.sseo.sseo.yo

警察 ： 暫時先替您作筆錄。

경찰 : 일단 기록해 드릴게요 .

ill.但/ key.raw.care/ to.real.嘅.唷

il.ttan/ gi.ro.kae/ deu.ril.kke.yo

請告訴我您的個人資料。

개인정보 좀 알려 주세요 .

騎.in.創.播/ joom/ 嗌.(lee-all)/ choo.些.唷

gae.in.jeong.bo/ jom/ al.lyeo/ ju.se.yo

（做完詳細筆錄後）

慳姑 ： 請發給我一張報案記錄。

한구: 분실 신고서를 발급해 주세요 .

盤.seal/ 先.個.梳.rule/ 排.姑.pair/ choo.些.唷

bun.sil/ sin.go.seo.reul/ bal.geu.pae/ ju.se.yo

警察 ： 是，在這裏。

경찰 : 네 , 여기 있습니다 .

呢/ yaw.gi/ it.sym.knee.打

ne/ yeo.gi/ it.sseum.ni.da

找到失物的話會立刻聯絡您的。

분실물을 찾으면 바로 연락해 드리겠습니다 .

盤.seal.moo.ruin/ 差.jew.(咪-安)/ 怕.囉/ 唷.啦.騎/
to.lee.get.sym.knee.打

bun.sil.mu.reun/ cha.jeu.myeon/ ba.ro/ yeol.la.kae/
deu.ri.get.sseum.ni.da

慳姑 ： 是，謝謝！

한구: 네 , 감사합니다 .

呢/ 琴.沙.堪.knee.打

ne/ gam.sa.ham.ni.da

193

替換句

1

可以帶我去**警署**嗎？

경찰서까지 데려다 주실 수 있으세요？

【(key-yawn).猜.梳.加.之/ tare.(lee-all).打/

choo.seal/ sue/ 易.sue.些.唷】

gyeong.chal.seo.kka.ji/ de.ryeo.da/

ju.sil/ su/ i.sseu.se.yo

替換：只要把黃色部分代入【報案地點】就可以了！

替換詞彙【報案地點】

警署 |
경찰서
(key-yawn).猜.梳
gyeong.chal.seo

顧客中心 | 고객센터
call.gag.send.拖
go.gaek.ssen.teo

詢問處 | 안내서
晏.呢.梳
an.nae.seo

失物招領處 |
분실물 보관소
盤.seal.mool/ 破.慣.傻
bun.sil.mul/ bo.gwan.so

失物中心 | 유실물센터
/ 분실물센터
you.seal.mool.send.拖 /
盤.seal.mool.send.拖
yu.sil.mul.sen.teo /
bun.sil.mul.sen.teo

失物申報中心 |
분실물 신고 센터
盤.seal.mool/ 先.個/ send.拖
bun.sil.mul/ sin.go/ sen.teo

消防處 | 소방서
梳.崩.梳
so.bang.seo

替換句

2

我遺失了銀包。

지갑 〈을/를〉* 잃어버렸어요.

【似.甲.<ul/rule>*/ 易.raw.破.(lee-all).梳.唷】

ji.gap.<eul/reul>*/ i.reo.beo.ryeo.sseo.yo

替換：只要把黃色部分代入【失物】就可以了！

*<을/를>是助詞，於口語中可以省略，發音較困難的話可以不用説。

替換詞彙【失物】

銀包 | 지갑
似.甲
ji.gap

手袋、背包 | 가방
卡.崩
ga.bang

行李 | 짐
潛
jim

鑰匙 | 열쇠
yol.(sue-where)
yeol.ssoe

護照 | 여권
yaw.(過-安)
yeo.kkwon

身分證 | 신분증
先.半.終
sin.bun.jjeung

信用卡 | 신용카드
先.用.carder
sin.yong.ka.deu

現金 | 현금
(嘻-安).goom
hyeon.geum

交通卡 | 교통카드
(key-all).通.carder
gyo.tong.ka.deu

手提電話 |
휴대폰 / 핸드폰
(he-you).爹.潘 /
hand.do.潘
hyu.dae.pon /
haen.deu.pon

替換句

3

裝着現金和信用卡。

현금하고 신용카드 〈이/가〉* 들어 있었어요.

【(嘻-安).goom.哈.個/ 先.用.carder.〈易/嫁〉*/
to.raw/ 易.梳.梳.唷】

hyeon.geum.ha.go/ sin.yong.ka.deu.〈i/ga〉*/
deu.reo/ i.sseo.sseo.yo

替換：只要把黃色部分代入【失物】就可以了！

*〈이/가〉是助詞，於口語中可以省略，發音較困難的話可以不用説。

慳姑 TIPS

在韓國遇到緊急情況、遇小偷或遺失物品時，便要到警署報案；如果溝通上有障礙，可致電 1330 尋求翻譯服務。報案後記得取報案記録，以作申報保險索償之用。

遺失以下物品要怎樣做：

* 護照　　　　要到中國駐韓大使館補辦護照。
* 信用卡　　　請即時聯絡信用卡發卡銀行報失。
* 隨身物品　　請向附近的警署報案。
* 機票　　　　請聯絡航空公司。

＊ 如在公共交通工具遺失物品，請牢記乘搭的巴士、的士或列車號碼、乘搭的時間、地點和座位等，並向地鐵失物招領中心或巴士公司辦公室報失。

地鐵失物招領中心

首爾地鐵　유실물 센터
1、2 號線：市廳站（시청역）　　　　02-6110-1122
3、4 號線：忠武路站（충무로역）　　02-6110-3344
5、8 號線：往十里站（왕십리역）　　02-6311-6765,6768
6、7 號線：泰陵入口站（태릉입구역）02-6311-6766,6767
9 號線：銅雀站（동작역）　　　　　02-2656-0009
機場地鐵線：黔岩站（검암역）　　　032-745-7777
辦公時間：星期一至五 07:00 - 22:00　　辦公時間以外請撥打熱線中心電話：1577-5678

釜山地鐵　유실물서비스센터
1、2 號線：西面站（서면역）　　　051-640-7339, 051-804-7339
辦公時間：星期一至五 09:00 - 18:00

釜山金海輕鐵　부산김해경전철 유실물센터
辦公時間：星期一至五 09:00 - 18:00　　055-310-9600

駐韓國中國大使館

中國駐韓大使館　　　　　　　02-738-1038
首爾特別市中區明洞 2 路 27

中國駐釜山總領使館　　　　　051-743-7990
釜山廣域市海雲台區佑 2 洞 1418 番地（郵編：612-022）
辦公時間：星期一至星期五　　　09:30 - 11:30

中國駐光州總領使館　　　　　062-368-8688
光州廣域市南區月山洞 919-6 番地（郵編：503-230）
辦公時間：星期一至星期五　　　09:00 - 12:00，13:30 - 17:30

中國駐濟州總領使館　　　　　064-900-8810
濟州特別自治道濟州市道南洞 568-1 番地（郵編：690-029）
辦公時間：星期一至星期五　　　09:00 - 11:30，13:30 - 15:30

11.4 緊急電話
응급전화

1330 旅遊諮詢熱線
提供旅遊諮詢、翻譯、旅遊不便申訴等服務 / 24小時全年無休
於韓國撥打時 1330 於海外撥打時 +82-2-1330
1 韓語 2 英語 3 日語 4 中國語

提供中文服務的緊急求助電話

1330	旅遊諮詢熱線 旅遊不便申訴中心	不僅提供韓國各地的旅資訊，還提供觀光旅遊翻譯服務，24小時全年無休，更設韓、中、英、日四種語言，為外國遊客解決旅途中遇到景點、住宿、購物等任何方面的問題。此外，更與火警救災救護專線119連線，提供及時的幫助。
112	警察廳	報案專線112提供外語翻譯服務，提供包括英、日、中、俄、法、西及德語翻譯服務。 通譯服務時間： 08:00 - 23:00 (星期一至星期五) 09:00 - 18:00 (星期六及星期日)
1339	緊急醫療中心	醫療小組將透過申報電話了解需要救助的狀況，提供最佳的處理方式，情況危急時，還可代為聯絡119，請求派遣救護車將患者移送至最適合的醫院。

02-120	首爾茶山呼叫中心	首爾市綜合服務專線
119	安全舉報中心	火災、災難救援、急救、救護車
1345	外國人綜合諮詢中心	出入境、滯留等相關諮詢
1588-5644	BBB Korea	24 小時免費口譯服務
02-790-7561	國際急救專線	24 小時服務，與韓國內各大醫院連線，提供緊急救護服務。
00799	國際手動電話	從韓國撥打至國外時，透過國際電話交換員撥打的服務電話。直接將對方的電話告知國際電話交換員後，便能馬上接通的「號碼通話服務」。此外，亦提供由受話者負擔電話費的「受話者付費服務」與能解決語言問題的「同步翻譯電話服務」等服務。

資料來源：韓國觀光公社

首都圈地鐵路線圖

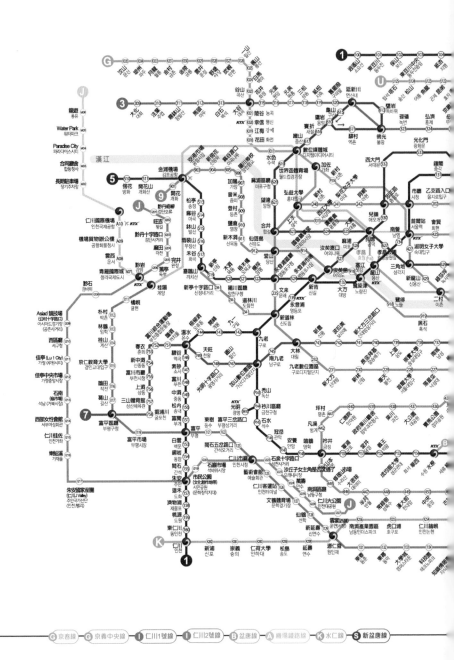

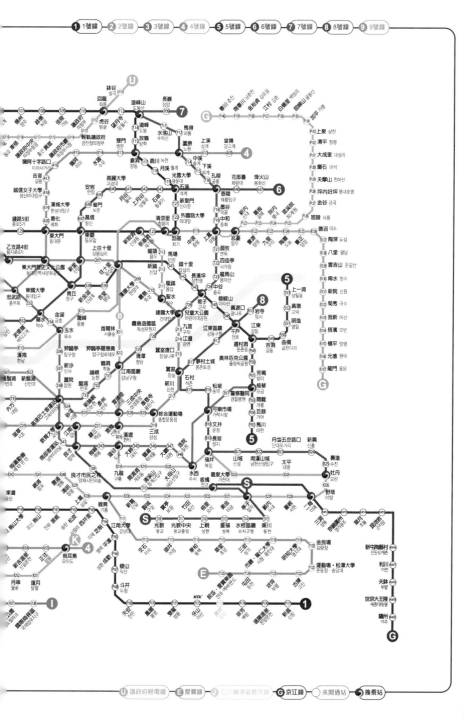

釜山地鐵路線圖

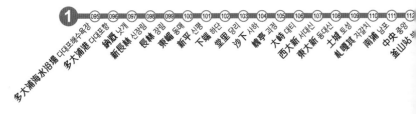

1 1號線 　 2 2號線 　 3 3號線 　 4 4號線

老圃 노포 (134) **1**

梵魚寺 범어사 (133)

南山 남산 (132)

頭貴 두실 (131)

久瑞 구서 (130)

長箭 장전 (129)

釜山大學梁山分校 부산대양산캠퍼스

南梁山 남양산

梁山 양산

(242) (243) **2**

釜山大學 부산대 (128)

溫泉場 온천장 (127)

明倫 명륜 (126)

美南 미남

沙직 (308)
운동장 (307)

巨堤 거제

市廳 시청 (122)
亭 양정 (121)
부전 (120)

西面 서면

(118)
(117)
(116)
(115)

廣安 광안 (218)

釜山國際金融中心
釜山銀行
국제금융센터·부산은행 (217)

門峴 문현 (216)

東萊 동래

釜山教育大學 교대

蓮山 연산 (304)
水滿谷 물만골 (303)
杯山 배산 (302)
望美 망미

水營 수영

廣安 광안 (209)
金蓮山 금련산 (210)
南川 남천 (211)

支梨谷 지게골
池谷 못골
大淵 대연
慶星大學·釜慶大學 경성대·부경대

(215) (214) (213) (212)

黃安 수안 (403)
樂民 낙민 (404)
忠烈祠 충렬사 (405)
明藏 명장 (406)
東洞 서동 (407)
錦綠 금사 (408)
盤如農産物市場 반여농산물시장 (409)
石坮 석대 (410)
嶺山大學 영산대(이곳반송) (411)
東釜山大學 동부산대학(윗반송) (412)
古村 고촌(고촌주택단지) (413)
安平 안평 (414) **4**

東萊 동래 (K114)
安樂 안락 (K115)
院滉 원동 (K116)
裁松 재송 (K117)
Centum 센텀 (K118)

新海雲臺 신해운대 (K120)
松亭 송정 (K121)
Osiria 오시리아 (K122)
機張 기장 (K123)
日光 일광 (K124) **D**

民樂 미락 (207)
Centum City 센텀시티 (206)
BEXCO 벡스코 (205)
冬栢 동백 (204)
海雲臺 해운대 (203)
中洞 중동 (202)
萇山 장산 (201) **2**

大邱地鐵路線圖

工團 공단 ⑤ 八達 팔달 ③ 梅川市場 매천시장 ③ 梅川 매천 ③ 太田 태전 ③ 鳩岩(科學大・保健大入口) 구암(과학대・보건대입구) ③ 漆谷雲岩 칠곡운암 ③ 東川 동천 ③ 八宮(國立農首院・統計廳) 팔거(국립농관원・통계청) ③ 鶴亭 학정 ③ 漆谷慶大病院 칠곡경대병원 ③

2 — 321 — 320 — 319 — 318 — 317 — 316 — 315 — 314 — 313 — 312 — **3**

大邱驛 대구역 ⑤ 土星市場 칠성시장 ⑤ 新川(慶北大入口) 신천(경북대입구) ⑤ 東大邱站 동대구역 ⑤ 東區廳 동구청(큰고개) ⑤ 峨洋橋(大邱國際空港) 아양교(대구국제공항입구) ⑤ 東村(東村遊園地) 동촌(동촌유원지) ⑤ 解安 해안 ⑤ 方村 방촌 ⑤ 龍溪 용계 ⑤ 栗下 율하 ⑤ 新基 신기 ⑤ 半夜月 반야월 ⑤ 角山 각산 ⑤ 安心(幸新都市・尖後團地) 안심(혁신도시・첨복단지) ⑤

33 — 134 — 135 — 136 — 137 — 138 — 139 — 140 — 141 — 142 — 143 — 144 — 145 — 146 — **1**
KTX ✈

청원 231 — 泛行 대구은행 232 — 泛漁 범어 233 — 壽城區廳 수성구청 234 — 晩村 만촌 235 — 丹堤 담티 236 — 蓮湖 연호 237 — 大公園 대공원 238 — 孤山 고산 239 — 新梅 신매 240 — 沙月 시월 241 — 正坪 정평 242 — 林堂 임당 243 — 嶺南大學 영남대 244 — **2**

紀念會館) 념회관)

335 일동장 ⑤ 書館 어린이회관 336 ⑤ 黃金 황금 337 ⑤ 壽城池(TBC) 수성못(TBC) 338 ⑤ 池山 지산 339 ⑤ 凡勿 범물 340 ⑤ 龍池 용지 341 ⑤ — **3**

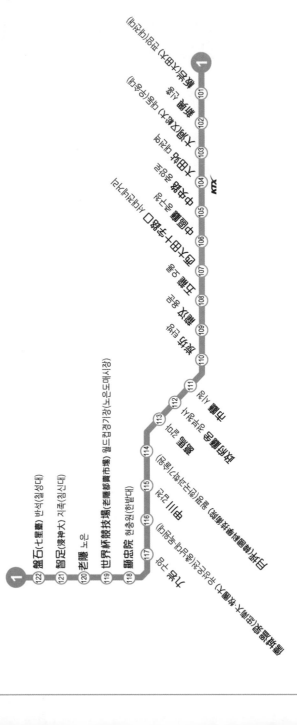

大田地鐵路綫圖

1號綫

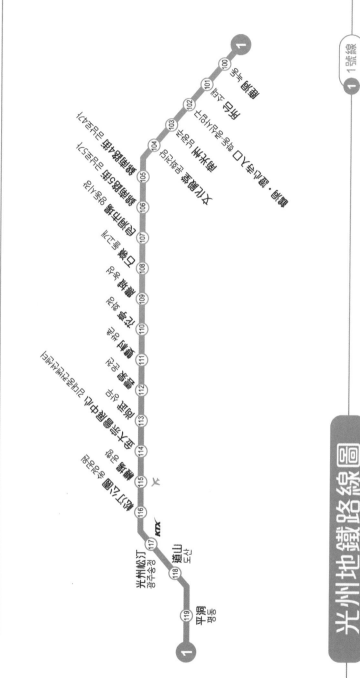

一齊「遊・韓」語出發
（新訂版）

Travel Korean - A Speaking Guide for Korea Visit
(New Edition)

作者
慳姑ViVi

責任編輯
Cat Lau

美術設計
Venus Lo

插圖
Katherine

錄音
韓語男聲：鄭載學（정재학）
韓語女聲：李海媛（이해원）
廣東話：慳姑ViVi

出版者
知出版社
香港鰂魚涌1065號東達中心1305室
電話：（852）2564 7511
傳真：（852）2565 5539
網址：http://www.wanlibk.com
電郵：marketing@wanlibk.com

發行者
香港聯合書刊物流有限公司
香港新界大埔汀麗路36號
中華商務印刷大廈3字樓
電話：（852）2150 2100
傳真：（852）2407 3062
電郵：info@suplogistics.com.hk

承印者
中華商務彩色印刷有限公司
香港新界大埔汀麗路36號

出版日期
二零一七年七月第一次印刷

特別鳴謝
李奎植（이규식）、陳漢圭（진한규）、方慧詩

知出版社
COGNIZANCE PUBLISHING

上架建議：（1）旅遊會話（2）韓語學習
（3）流行讀物